萍水生风

白水　老五

人民日报出版社

弁言

白　水

要不是网络,要不是朱新建,我和老五大概不会认识。即便认识,也不会这么容易,这么快。一切,皆是网络的惠赐,一切,皆是冥冥中有一段缘分在。不是刻意的用心,没有密昵的过从,纯是自然相结,一切来得那么水到渠成,那么瓜熟蒂落。真的,一如萍水相逢。

其实,和老五最初的合作,是从谈吃的文字开始的,在博客上亦颇赚取了不少的眼球。心下也明白,这全凭了一帮网络朋友的热心为扶持,一如初往的"追捧"做鞭策。中间呢,忽然有位亦是网络上相识的,亦是喜爱汪曾祺的朋友,发愿重要印一本初版的《邂逅集》,就辗转地找到了我以为"半导体"求老五来画插页。听说要为故世的汪老的小说画插画,老五自是高兴得很,初则以喜,继则以惧,却欣然郑重允诺,很快就画了出来。见到老五的作品,又逗引了我多年来读汪一吐为快的浓厚兴致,遂毛遂自荐地为插画配起文来,这一弄,就愈加一发而不可收了。一不做,二不休,扳不倒葫芦洒不了油,索性就来捅一捅这个"马蜂窝"罢。

没想到的是,南京的董宁文先生,却很欣赏这些文配画的小玩意儿,就在他主编的《开卷》上连载起来。到现在,看看已经有了一年的气候了。真的要感谢宁文先生,不是他的奖掖鼓励,这些个小玩意儿不会有那么多的人读到它,我也写不了这么多。前几天,宁文先生忽然又来短信,要我整理一下,看明年能否印一本书出来。匆遽地梳理了一过,发现竟然才写了这么一点,通共不到九万字,而且还是这么的芜杂——读史记,说汪曾祺,谈《金瓶梅》。呀,瀑布汗下三千丈。不管它了,好在有老五的画在,虽名附骥尾,也不算是很欺骗读者朋友的银子了。

宋玉云:风起于青萍之末。孙犁先生说,萍水相逢,就是当水停滞的时候,萍也需要水,水也离不开萍。水一流动,一切就成为过去了。他当然是对了男女邂逅、朋友私情慨而言之的。但,芸斋亦有云:彩云流散了,留在记忆里的,仍是彩云;莺歌远去了,留在耳边的还是莺歌。

今取以名集,作为这一批文画组合的一种纪念,大概还算贴切的罢?

         白水

       两千零十二年冬至

目录

001 弁言（白水）

001 韩信——读《史记》之一
004 刘邦——读《史记》之二
007 萧何——读《史记》之三
010 张良——读《史记》之四
014 吕后——读《史记》之五
018 项羽——读《史记》之六
021 樊哙——读《史记》之七
024 陈平——读《史记》之八
027 秦始皇——读《史记》之九
032 荆轲——读《史记》之十
036 李斯——读《史记》之十一

039　陈胜——读《史记》之十二
042　范蠡——读《史记》之十三
045　伍子胥——读《史记》之十四
048　蔺相如——读《史记》之十五
052　廉颇——读《史记》之十六
055　信陵君——读《史记》之十七
059　娄敬——读《史记》之十八
062　孟尝君——读《史记》之十九
066　屈子——读《史记》之二十
069　孔子——读《史记》之二十一
073　庄子——读《史记》之二十二

077　邂逅集之《复仇》——画说汪曾祺
080　邂逅集之《老鲁》——画说汪曾祺
083　邂逅集之《戴车匠》——画说汪曾祺
086　邂逅集之《艺术家》——画说汪曾祺
089　邂逅集之《落魄》——画说汪曾祺
091　邂逅集之《囚犯》——画说汪曾祺
094　邂逅集之《鸡鸭名家》——画说汪曾祺

097　邂逅集之《邂逅》——画说汪曾祺

100　聊斋新义之《虎二题》——画说汪曾祺

102　聊斋新义之《双灯》——画说汪曾祺

105　聊斋新义之《瑞云》——画说汪曾祺

108　聊斋新义之《黄英》——画说汪曾祺

111　聊斋新义之《陆判》——画说汪曾祺

113　聊斋新义之《石清虚》——画说汪曾祺

115　聊斋新义之《促织》——画说汪曾祺

117　聊斋新义之《捕快张三》——画说汪曾祺

120　聊斋新义之《画壁》——画说汪曾祺

122　聊斋新义之《牛飞》——画说汪曾祺

124　聊斋新义之《同梦》——画说汪曾祺

126　聊斋新义之《明白官》——画说汪曾祺

129　栀子花开六瓣头——读《受戒》

133　黄油烙饼是甜的,眼泪是咸的——读《黄油烙饼》

137　他也是人生父母养的——读《异秉》

140　他觉得看水很有味道——读《看水》

143	过年,怎么也得叫坝下人吃上一口肉
	——读《七里茶坊》
146	夜,正在深浓——读《羊舍一夕》
149	大淖出了这样一对年轻人——读《大淖记事》
152	他们把猫放了——读《虐猫》
155	这三年啊——读《岁寒三友》
158	没有的事不能瞎说——读《詹大胖子》
161	她最爱吃的是熟藕——读《熟藕》
165	东——嗡……嗡……嗡……——读《幽冥钟》
168	你以为这几杯酒喝到肚里容易呀——读《李三》
171	四进士——汪曾祺说戏
175	玉堂春——汪曾祺说戏
178	打渔杀家——汪曾祺说戏
181	武家坡——汪曾祺说戏
185	四郎探母——汪曾祺说戏
188	二进宫——汪曾祺说戏
192	裘盛戎——汪曾祺说戏
197	马连良 谭富英——汪曾祺说戏

201　武大郎炊饼——读"金"小札之一

205　宋惠莲烧猪头——读"金"小札之二

209　王婆问茶——读"金"小札之三

213　西门庆的早粥——读"金"小札之四

217　应伯爵的鲥鱼——读"金"小札之五

221　李瓶儿泡螺——读"金"小札之六

225　潘金莲饲猫——读"金"小札之七

229　潘金莲寻鞋——读"金"小札之八

234　《金瓶梅》之"生"——读"金"小札之九

239　《金瓶梅》之"老"——读"金"小札之十

244　《金瓶梅》之"病"——读"金"小札之十一

249　《金瓶梅》之"死"——读"金"小札之十二

255　**代跋：被姑息纵容出来的一点优游与享乐(老五)**

韩信
——读《史记》之一

韩信的成名之战,是井陉之战,背水陈兵,不终朝破赵二十万众。背水而战,兵法所忌,然竟以胜,何也?陷之死地而后生,置之亡地而后存。此韩信胆识超卓处。由是,名闻海内,威震天下。

破赵后不久,刘邦乘韩信晨睡未起时,诈称汉使,驰入军营,"即其卧内上夺其印符",下了他的军权。而后,收拾赵国残兵给韩信,让他去攻打齐国。此,首次阳谋。

刘邦困于荥阳,先满足韩信,封之为齐王,让他来打项羽。项羽兵败垓下,汉军完胜。刘邦再次袭夺齐王军,"徙齐王信为楚王,都下邳"。至于是如何袭夺的,没有细说,大概还是故技重施罢。此,再次阳谋。

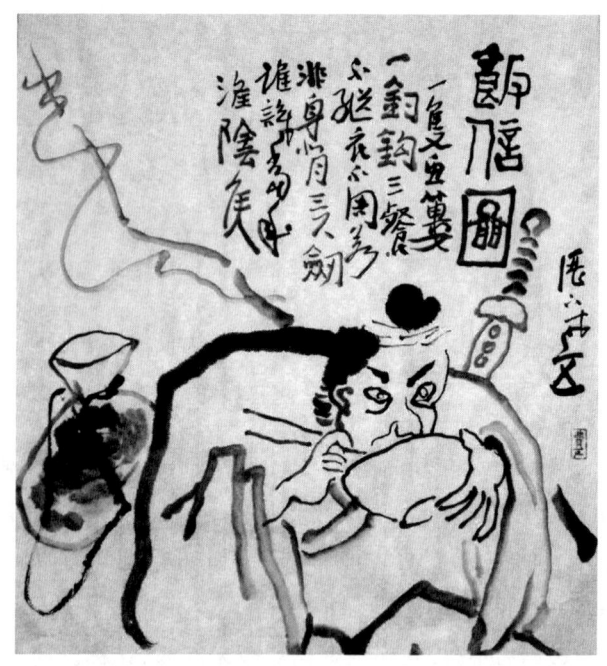

汉六年,有人告韩信谋反。实是子虚乌有。刘邦乃发使遍告诸侯,诈称"吾将南游云梦"。韩信郊迎道中,即被执缚。刘邦"遂会诸侯于陈,尽定楚地。还至洛阳,赦信以为淮阴侯"。此,三次阳谋。

勇略震主者身危,功盖天下者不赏。一个开国之君,对第一等功臣,三复其诈,韩信的终反,有以也夫!谁之过?

太史公评韩信云:"而天下已集,乃谋畔逆,夷灭宗族,不亦宜乎!"韩信啊韩信,傻不傻呀,天下一统了,却去谋反,早干啥去了。最后落个宗族夷灭,这不是咎由自取么?可韩信,真有那么傻吗?

刘邦
——读《史记》之二

沛令有客,诸吏皆往庆贺,"进不满千钱者,坐之堂下"。刘邦一钱不持,竟诈言贺钱一万,坦然上坐。还是萧何了解他,说:"刘季固多大言,少成事。"

楚军大破汉军于彭城,刘邦忙于逃命,就把儿子、女儿推下车去,如是者三。后来,项羽得其家,要烹刘太公了,刘邦却说:"吾翁即若翁,必欲烹而翁,则幸分我一杯羹。"哼,你看着办吧。

就是这样一个泼皮无赖,怎么会有那么多人跟着他卖命?丞相陈平说得好:"大王慢而少礼,士廉节者不来,然大王能饶人以爵邑,士之顽钝嗜利无耻者,亦多归汉。"

他还极能装神弄鬼。先是,说其母与蛟龙遇合而生

之;次者,让家人亲好数言曾亲睹其醉后显现龙身;三者,令人造作"斩白蛇而起义"的故事,俨然是真命天子。嘻,还真管用。

做了皇帝的刘邦,有一次对父亲说:"始大人常以臣无赖,不能治产业,不如仲(邦之二兄)力。今某之业所就,孰与仲多?"志得意满的样子,宛然如见。

高祖喜施,意豁如也。汉朝定鼎,论功行赏,萧何父子皆有食邑,乃益封何二千户,以帝尝繇咸阳时"何送我独赢奉钱二"也。呵呵,好个"喜施,意豁如也"。

"夫运筹策于帷帐之中,决胜于千里之外,吾不如子房。镇国家,抚百姓,给馈饷,不绝粮道,吾不如萧何。连百万之军,战必胜,攻必取,吾不如韩信。"知人者智,自知者明,难怪人家能做皇帝。

萧何
——读《史记》之三

一提起萧何,好像他一生中可圈可点,最为人称道的精彩之笔,就是举荐了韩信。可他最为人诟病的,亦是与吕后设计诛杀了韩信。

懦弱,自保,逆来顺受。这貌似是他一个人的性格悲剧,实在是我们中国人集体的性格悲剧。看看当代的"文化大革命",这教训还不够沉痛,还不够惨痛么?

识英雄于微末,这是萧何的本事。而在进贤韩信之前,汉军刚刚入主咸阳,他不争金帛财物,只收律令图书的时候,就已经见出他眼光的独到超卓。这是大聪明。

后来的许多小聪明,是慢慢才学会的。汉王与项羽争霸天下的时候,就不断派人回关中"慰问"他,是鲍生让

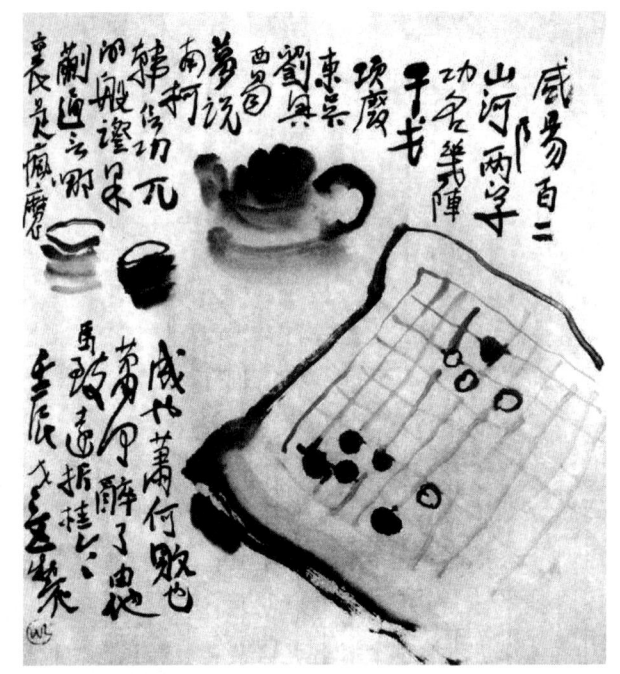

他把子孙昆弟全部送上战场,实是作为人质,才打消了汉王的疑心。

韩信被诛后,萧何拜为相国,益封五千户,令卒五百人为一都尉为相国卫,实际是变相的监视,是东陵侯让他贡献家私以佐军,才又免去一祸。

黥布反叛,高祖亲自将兵击之,却还忘不了"数使使问相国何为"。还是萧何的宾客(幕僚)看出他将要大祸临头,让他与民争田以自污,才又免去了一场杀头之祸。

怪不得留侯张良,功成身退,愿弃人间事,欲从赤松子游呢。他实在是看透了,只可患难与共,不能富贵同享,才是一切为君作王者的本性,辟谷轻身,只是全身远祸而已。

只顾低头拉车,不知抬头看路。要不是亲近友好为之及时纾解,恐怕他萧何早就到那边和韩信做伴去了。一人之下,万人之上,貌似风光,实在是"噫吁戏,危乎殆哉"!征之"文革"中殒命异邦的副统帅,不就是很好的活例嘛。

张良
——读《史记》之四

运筹帷幄,决胜千里。这是汉高祖对张良的评价。此言一出,近乎盖棺论定。亦成为后世策士的楷则及其境界的高度概括。匹夫而为百世师,一言而为天下法。此之谓乎?

至于张良在下邳,见老父得兵书,奇而且怪诞,想必是后来好事者的附会罢了,未必确有其事。但由此,可以略窥他的隐忍坚毅之一斑。其终能成就大事,倒是必然的了。

张良本来是要去见楚王景驹的。因为道遇沛公,辄数以兵法说之,沛公即心领神会,常用其策。而张良与他人谈此,却没人领悟。人,不就是图有个能赏识自己的人

么?他这才跟定了汉王,不去见景驹。

项庄舞剑,意在沛公。楚汉相争,最凶险紧张的场面莫过于鸿门宴上,看似把酒言欢,实是杀机四伏,惊心动魄。而张良却始终镇定自若,从容应对、周旋,帮助汉王脱离困急中。这可不是苦读兵法就能做到的,此天赋的素质使然。

后来的争取黥布、彭越,笼络韩信,相与戮力,大破楚军于垓下,这才是张良奇计良谋迭出的本色。至于,入咸

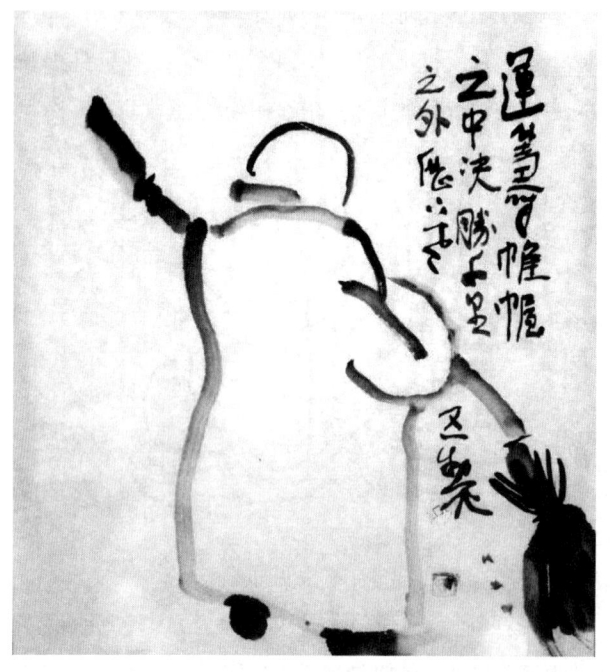

阳,还军霸上;灭项羽,定都关中;封雍齿,安抚群臣,这就不仅仅是计谋,而是已经具有远大的战略眼光了。

开国后,张良就杜门却轨,在家养病。征陈豨,诛韩信,杀彭越,灭黥布,这些事好像都没他什么份儿。因为争立太子,他被逼不过,只是出主意搬弄商山四皓,帮助吕后成功,但也决不亲与其事。显然,比萧何高明多了。

本来高祖要封张良三万户,他却只受一万户,还是在留那个小地方。后来,在立太子的事上,他也只是虚与委蛇的谏了一谏,就称疾不视事,在家专意学辟谷,导引轻身,俨然是个大隐士。此亦远祸全身,求其一生善始善终而已。

什么"臣多多而益善耳",什么"天下已定,我固当烹",与锋芒毕露的韩信相比,张子房就更是高明,不仅工于他谋,而且善于自谋。他该不会是从泛舟五湖的范蠡那里,得到了什么有益的启示吧?

当代的一部红色传记,说某一位领导人曾在战后的间隙里,去拜访过留侯庙,就断言此公千载之下乃引张良为知己和模范,立志做贤相。留侯若是读了,想必也会哑然失笑。确,可一笑也。否,亦可一笑也。

吕后
——读《史记》之五

吕后,又名吕雉,刘邦的老婆。她首开女人秉国的先河。凡是能够在历史某一方面上,稳坐第一把交椅的人,总是容易让人记得住。在某种意义上,她也算是汉民族女权运动的先驱吧。

吕后的当国称制,号令天下,不是没有来由的。楚汉相争最炽的时候,她曾和刘太公一起,被项羽当作人质扣押了好几年。后来,都要几乎被烹,终于化险为夷。这是一种历练,也是一种资历。

项羽败亡,汉朝开邦。在刘邦剪除楚汉战争中举足轻重的三大异己力量韩信、彭越,黥布时,她两与其役,起了决定性作用。故太史公说:"为人刚毅,佐高祖定天下,

所诛大臣多吕后力。"显示了她的政治铁腕,非同一般。

高祖去世后,她将自己的政治宿敌戚夫人,遂断手足,去眼,煇耳,饮瘖药,使居厕中,命曰"人彘"。其手段之残忍毒辣,令人瞠目结舌,不寒而栗。连她的儿子汉惠帝都说,这不是人干的事。此举,对元老重臣的震慑,可想而知。

后来,侍中张辟彊进言丞相陈平,请求诸吕拜将,执掌兵权,居中用事,以至最后诸吕昆弟皆封王侯。虽说是非常时期的非常之举,皆是以退为进,全身居位以待时,

但客观上为吕后执政也是起了推波助澜作用的。

吕后的大封诸吕昆弟,迫害刘氏子弟,与刘邦的皆王刘氏子弟,消灭异姓侯王,本质上无甚区别,都是封建王朝"家天下"本质的突出表现。但至少有两件事,吕后显然是弄巧成拙了。

把诸吕女遍赐刘氏王为后,她本意是想肥水不流外人田,刘、吕两族结成稳固的政治联盟,以牵制元老大臣。没想到的是,强扭的瓜不甜,这种高压下的拉郎配,更加激起了刘氏子弟的强烈反感。为刘氏子弟日后的反戈一击,埋下了隐患。

非其人之才,而使居其位,殆矣。诸吕遍封王侯,出将入相,本是好事,但他们原本是碌碌庸人,没什么本事,本就不配高居庙堂,勉强的鹊巢鸠占,只能促使他们早日覆亡。看看"文革"中,那些炙手可热的新贵们吧,可悲的下场几乎如出一辙。

有识之士早就一针见血地指出,刘邦的放纵吕后杀人,就是自保。唯稍有不同的是,吕后与刘邦当初上演的是双簧,而当代的夫人干政,只是在上者嗾使了一条疯狗而已。

项羽
——读《史记》之六

太史公说:"吾闻之周生曰,舜目盖重瞳子,又闻项羽亦重瞳子。羽岂其苗裔邪?何兴之暴也。"项羽的一生,喑噁叱咤,风云激荡,破釜沉舟,摧枯拉朽,犹如一股狂飙扫荡了朽旧的秦王朝。是一股风,是一飙气,是一种精神,永远激荡回旋在历史的天幕之上。

"王侯将相,宁有种乎?"这是大泽首义平民的愤愤不平。"大丈夫当如是!"这是亭长小吏眼红心热的艳羡。"彼可取而代也!"唯项羽充满了轻蔑和不屑,——哼,始皇帝有啥了不起,早晚有一天我会取代你!那种超出常人的英雄气概,就已经初露端倪。

巨鹿大战,面对强敌,项羽引兵渡河,皆沉船,破釜

甑,烧庐舍,持三日粮以示士卒必死,无一还心。与秦军九战,大破之。当是时,项羽率领下的楚军,无不以一当十,呼声动天,真是力拔山,气盖世(而诸侯军却作壁上观,吓得没人出战)。他的斩将搴旗,攻城略地亦是依凭的超人才气。经此一役,项羽一战而霸,威震诸侯,名闻天下。

就是这样一位旷世无匹,亘古未有的铮铮硬汉,也只落得个兵败垓下,乌江自刎。即便穷途暮路,犹不失英雄本色,先是对着美人和名马,慷慨悲泣,一洒英雄之泪。

既而以二十八骑为阵,瞋目而叱,大呼驰下,在数千敌骑中意气自如地溃围,斩将,刈旗。最后,赠马长者,刎颈故人。这是一位胜利的失败者。他用他干云的豪气,睥睨的傲气,无畏的勇气,超越了目下以及未来的悲剧。像一道裂空的闪电,在那一片黑暗的前途里依然迸射出最耀眼的光辉。

"天下匈匈数岁者,徒以吾两人耳,愿与汉王决雌雄!"这是我们的这位顶天立地的大英雄,向对手发出的挑战。其椎直得近乎天真,亦可见出其人的真性情。"富贵不归故乡,如衣绣夜行,谁知之者?"固然被讥为沐猴而冠,但却是发自衷心的大实话。有真气。以此,他宁愿自刎,也不肯渡江。宁壮烈以死,不苟且而活。

这是一个高贵的灵魂。生当作人杰,死亦为鬼雄。至今思项羽,不肯过江东。千载而还,奇气犹自回荡未已,令人低徊留之不去心。岂不闻陶潜诗云:其人虽已没,千载有余情。信然。

樊哙
——读《史记》之七

称病不朝的韩信,闷烦中偶尔到樊哙那里走走,樊哙跪拜迎迓,大为惊喜:"大王乃肯临臣!"韩信的虚荣和自尊,一下子得到满足。可他随即黯然,出了门,惨然一笑:唉,这一辈子竟然和樊哙为伍!

虽然韩信瞧不上,但樊哙实在是一位忠勇可嘉,见识不凡的猛将。他的勇气,胆量,识见,都超出侪辈之上。太史公记下了樊哙那么多的战功,我一件也没记住。可有几件小事,让我牢牢记住了他。

鸿门宴上,项庄的舞剑助酒,其实是变相的杀人。在这危急关头,樊哙带剑拥盾入军门,披帷西向立,瞋目视项王,头发上指,目眦尽裂。项羽也不禁为之一凛,只好

赐卮酒,赐彘肩,王顾左右而言他。

霸王之威行天下,人皆不敢仰视。樊哙不仅饮啖从容,而且咄咄谯让:臣死且不避,卮酒安足辞!汉王破秦入关,劳苦而功高,大王有功不赏却欲诛,这不令天下有识之士寒心么?

刘邦慌慌张张地逃命,却还惦记着没有辞别项羽,樊哙说:"大行不顾细谨,大礼不辞小让,如今人为刀俎,我为鱼肉,何辞为!"此言掷地可作金石声。真是快刀斩截,何其果断也。

汉军初入咸阳,见了那么多金宝美人,刘邦的老毛病又犯了,意欲居留之。樊哙谏之在前,留侯踵随其后,高祖才还军霸上。彼时草创未就,"领袖"尚能虚怀若谷,从善如流。而犯颜直谏,却不是谁都有此胆量的。

刘邦病重,有一段时间,大臣一概不见,群臣莫敢入。樊哙却不管这个,排闼直入,当面质问:陛下该不是想要身边人做赵高吧?这可不是什么好话。刘邦只好笑着起身,接见群臣。"领袖"晚年,大多愈益自用,樊哙这简直是批逆鳞,捋虎须呀。

陈平

——读《史记》之八

刘邦一直视樊哙为心腹,无论樊哙怎么谏言,他都不以为忤。可当听说樊哙要和吕后串通一气,等到他一旦死了,就要诛杀戚姬与赵王如意时,刘邦就龙颜震怒了。看来,"领袖"胸怀的宽广也是有一定限度的,一旦危及自身,就不得不要"立斩哙头"。

此时,樊哙正在外将兵打仗啊。陈平给出的计策是,他与周勃共同受诏,以陈平的名义前往军中传诏,在车中暗载大将周勃,樊哙得知仅是陈平一个人,必定只身前来受诏,周勃此时突然现身,可将樊哙拿下。事实正如陈平所料。你看,这和高祖伪游云梦而缚执韩信,简直如出一辙。

高祖在平定韩王信时,被匈奴围困在白登山,七天七夜不得食,也是用了陈平之计才得解围。有人说他使用了美人离间计,有人说他使用了谶纬天象说,而"使单于阏氏"总是逃不掉的。在一个女人身上得售其技,不难想象其计是多么鄙陋不堪,连刘邦都觉得丢人。事后,一直秘而不宣。

吕后死后,在铲除诸吕时,为了让太尉周勃得到军权,他竟然把郦商劫持作为人质,让他儿子郦况去骗好友吕禄放弃军权,赶快去齐国就位。诛吕安刘是大功告成了,却让郦家背了个"郦况卖交"的千古骂名。

楚汉战争的紧要关头,陈平使用反间计,离间项羽和范增反目,使楚军坐失良机反胜为败;后来的以退为进,让周勃在皇帝面前出丑,自己"专为一丞相";没有哪一件事,是做得正大光明的。连陈平自己也承认"多阴谋"。

同为策士,张良谓为人杰,而陈平却不能。这一点,刘邦也非常有数。故临终时,他对吕后说:陈平智有余,然难以独任。没有周勃联袂,诛吕安刘凭他陈平一人也殊难措手。鲁迅有云:捣鬼有术也有效,然而有限。良是。

秦始皇
——读《史记》之九

有人说,越是一代雄主,发起昏来,越是后果可怕。这,岂不成了"越伟大,越可怕"?不幸得很,历史竟然一再证明,是这样。

秦始皇即位时才十三岁。二十岁刚出头,就先后剪除了秉国专权的嫪毐和吕不韦两大政治集团,实现了政由己出;四十岁不到,就并吞六国,一统天下,建立了史上第一个高度专制集权的封建国家,是够雄才大略的了。愈是成功,勋业愈巨,人的自我膨胀就愈甚。始皇帝自以为功过五帝,地广三王,自古莫及己也,更要创亘古未有之奇业,好大喜功,欲壑难填,折腾起来就更加的没完没了。

天下是他平定统一的,他就要一个人说了算。于是分天下为三十六郡,天下之事,无分大小皆决于上,甚至用秤来称量奏章文书,每天阅读都有定额,达不到就不休息。貌似日理万机,为国瘁劳,实是嗜权如命。高度集权的一言堂,由此始矣——始皇帝嘛!且夫妄想二世三世至于万世,传之无穷。其心固大,其欲固深也。

一法度衡石丈尺。车同轨。书同文字。统一了法度规则还不算,他还要统一脑袋,焚烧《诗》《书》百家语,唯留卜医种树之书,还以诽谤罪坑杀儒士四百六十余人,杀鸡给猴看。一时间人人自危,噤若寒蝉,真个成了"无声的中国"。不料,眨眼之间,这个巨无霸帝国即告亡灭。坑灰未冷山东乱,刘项原来不读书。看来,要人说话亡不了国。

天下大功告成,剩下的就是奢华靡费,大兴土木,享受现世之荣华逸乐。征发刑徒犯人七十多万,修建旷日弥久,臭名昭著的阿房宫,宫殿覆压三百余里,复道甬道相连,帷帐钟鼓美人充之。从即位时起,便修建骊山皇陵,一修修了三十多年,据说也是依照咸阳地上宫殿原样复制,并烧制了与秦朝兵力悉数相符的兵马陶俑战车,他是准备把现世的权威及享乐,带到阴间里去永享无期的。他还花费巨资令方士冶炼丹药,入海求仙,结果是像傻子一样被徐市等人耍弄了(坑儒,实是坑方士,这是直接导火索),上演了一出欲令智昏的活报剧。哦,还有劳民伤财的万里秦长城。

为了威服天下,表彰功德,追求精神的怡悦满足,从扫平六国的第二年起,秦始皇便开始巡游天下。这是他的精神福利。令大将蒙恬修治了近两千里的驰道,从九

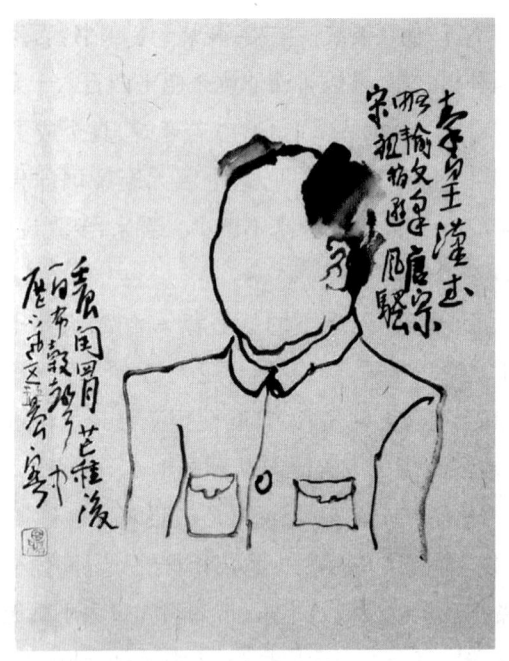

原直抵甘泉,相当于现在的高速公路,供他游乐。他还登泰山,行封禅大礼;渡渤海,登琅琊,勒石纪功;上会稽,祭大禹,立石颂秦德。最后,死在半路上,让赵高、胡亥装在臭咸鱼车上,载回了咸阳。

关于泰山封禅,还有一个小插曲。本来,他是带了儒生博士七十二人的,众人在山下言人人殊,莫衷一是,始皇帝烦了,绌儒生博士不用,自行上山封禅。不料回来的路上,天降暴风雨,封禅实质上失败,很没面子,也很扫兴,还让众儒生看了一场笑话——无其德而用其事。这就埋下了焚书坑儒的伏笔。后来,天下儒生怨恨始皇帝之焚书坑儒,就以讹传讹说,秦始皇上泰山,为暴风雨所阻,不得封禅。看看,皇帝与读书人的关系之难处,由来久矣,渊源有自啊。

据《文献通考》载,焚书坑儒的经过是这样的:冬天,秦始皇叫人秘密地在骊山谷中种了一片瓜,地处温暖朝阳的瓜都熟了。于是,下令召集七百多名儒士开会,就此事真假展开大辩论。一人一个说法,谁也说服不了谁。最后,只好前往实地勘视。事先设计埋伏好了机关,众人一到那里,就全被活埋了。以秦始皇之暴虐凶残,要想杀人,本用不着如此大费周章,但自古君王一贯是阴谋阳谋并行不悖,此说聊备一格。虽然于史无征,但野史也是史。

荆轲

——读《史记》之十

自古燕赵多慷慨悲歌之士,而最为杰出的,是荆轲。

扬汤止沸,莫如釜底抽薪。当强秦压境的时候,效曹沫之劫齐桓公,个人的冒险的刺杀,对燕国解除秦国的压迫,确实不失为一种简捷可行的手段。能克此任者,举燕之国,唯荆轲一人而已。

然而,荆轲之于曹沫,其智勇兼备虽足胜之,但秦皇帝却不是齐桓公,其狡诈残灭似犹过之。再者,也缺少彼时齐鲁会柯那样的一个盟坛啊。以孤独一身提一匕首而入不测之强秦,尤复难乎措手。

为此,荆轲进行了长期而又缜密的准备,甚至说服了一个同志樊於期自刎了首级。而此前,已经有另一位同

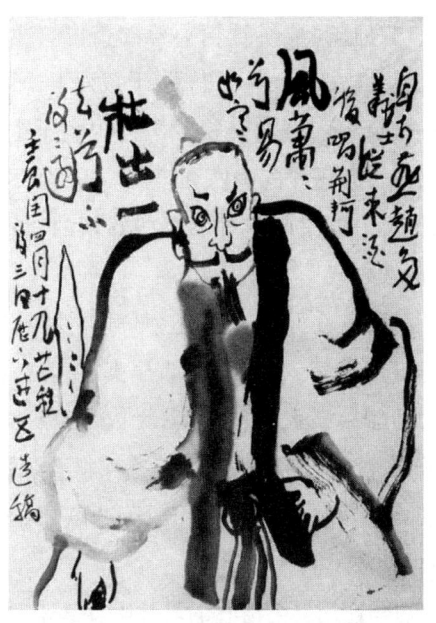

志田光献出了自己的生命和鲜血来激励他行动的坚心，并保证了此次行动的秘密。他，其实是一身而三任焉。

"因左手把秦王之袖，而右手持匕首揕之。"哪里是剑术疏浅啊，分明是由于责任过于重大，荆轲才断然采取了上面的动作。当然，这个动作引起了失败。而事前太子的催促，同志的居远未至，共同促进了这个失败。这失败只能引起人们对荆轲的怀念，而不会有所责备了。

以此,司马迁完成了这篇英雄的传记。使荆轲的勇敢、沉着、机智在文章上飘动招手,千载而下,不断找寻继承者。——以欲生劫之,必得约契以报太子也——然而失败了,人们怀有深深的遗憾和愤怒。事业留下缺憾,后来的人填补上。能激起这种填补的热情的,是英雄的慷慨悲歌的浩然之气。

列传写荆轲,在开始,轻描。荆轲的性格,就像一个影子,突然出现在读者面前,渐渐显真。直到,游于屠沽负贩之间,酒酣后载歌载泣,旁若无人,形象才具现。以后,易水送别,泣涕悲歌。终于,奋身行刺于秦庭之上,死不反顾,谈笑自若。就使荆轲的慷慨悲歌,跃然纸上,经百世而不可消敛了。

他,是司马迁用自己情感的乳汁喂养起来的一位悲壮英雄。荆轲入秦不过是历史上的一个故事,荆轲也不过是战国刺客里的一个,但能遇到司马迁就能永远垂传了。

自曹沫以至荆轲,这是历史星空中璀璨的一群像。此前,刺杀只是一种烈士死知己的个人行为,只有到了刺秦这里,才成为一种前仆后继的集体反压迫的复仇斗争。好像之前的曹沫四人,只是荆轲出场前的铺垫,而高渐离的击筑刺秦王,却是荆轲刺秦的余绪和必然终结。这,让人想起了鲁迅的《铸剑》。

"风萧萧兮易水寒,壮士一去兮不复还。"易水,一条河而已,英雄的慷慨悲歌,才使它永远鸣咽愤怒。被压迫的景仰解放的勇士以及他们英勇的事业,使那碎了的筑的声音永远颤抖,使那条易水永远鸣咽,永远。

李斯

——读《史记》之十一

身后有余忘缩手,眼前无路想回头。人性的顽劣,大率如此。"吾欲与若复牵黄犬,俱出上蔡东门逐狡兔,岂可得乎!"这是李斯临终前,对儿子说的话。单听这话,一定会被这种放旷阔达而又痛惜惆怅的人生态度所感染,还以为必定出自哪位蔼然仁者大文章家之口呢。而从李斯一生的行迹来考察,其人实在可算得上是一位仕宦利禄的热衷人。

由观察厕、仓之鼠而觉悟形成坚定的人生哲学——人之贤不肖譬如鼠矣,在所自处耳! ——诟莫大于卑贱,悲莫甚于穷困。——要说透彻也够透彻的了,但实在谈不上人生志向有多高远,无非就是一名沽利钓禄之徒耳。

　　非主以为名,异趣以为高,率群下以造谤——显然是耸言过其实。焚烧《诗》《书》百家语,钳制士者言论的倡议者,就是士者出身的李斯。这也是迎合始皇帝大一统的精神需要。看吧,只有知识分子整治知识分子,才会如此的变本加厉,残酷无情。这也是一种历史传统。

　　最能显见李斯文学才华和政治识见的,是《谏逐客书》。——夫物不产于秦,可宝者多;士不产于秦,而愿忠者众。既保住了位子,又得到了皇帝的青睐。后来,一步步协助秦王统一天下,官至丞相,位极人臣。

"嗟乎!吾闻之荀卿曰物禁太盛。当今人臣之位无居臣上者,可谓富贵极矣。物极则衰,吾未知所税驾也!"与其说这是一种自警,毋宁说是恐惧,是对持重爵禄患得患失的一种恐惧。眼里看得破,心中摆不脱。这,是李斯的悲剧。也是知识分子双重人格的悲剧。人生的悲剧。

对富贵爵禄的贪恋,表现最突出的是在赵高威逼利诱之下,他丧失原则同意废嫡立庶,让胡亥做了二世皇帝。赵高鼓唇掉舌,摆明利害:让扶苏做皇帝,丞相必定是蒙恬的,您就要告老还乡了,这是明摆着的事!李斯恰恰没有想到,胡亥做了皇帝呢?

保位,位本来就岌岌可危了,还幻想固宠。陈胜吴广已经揭竿首义,项羽刘邦都逐鹿中原了,李斯还阿意以求容,竟然上书二世胡亥,推行繁簶重赋,严威酷刑,更是火上浇油,把水深火热的大秦帝国推向亡灭的深渊。大秦朝二世而亡,李斯是推手。

陈胜

——读《史记》之十二

陈胜,是和大泽乡首义紧紧联系在一起的。就是这位楚国乡下普普通通的雇农,率领征戍渔阳的九百名戍卒揭竿而起,把秦朝残暴统治的坚固大堤冲开了一个决口,历史上第一个强大的封建帝国顷刻间崩堤溃下,旋告覆亡。

一夫作难而七庙毁。这位普通平凡的小人物,竟然领导了中国历史上第一场平民起义,和秦皇帝一样力拔头筹,拿了一个历史上的单项冠军。

陈胜说过的三句话,和他本人的历史功绩一样声名昭著,永载史册。一句是:燕雀安知鸿鹄之志哉!其人虽微,其志固大。后来,他之能领袖群氓举大义,不为无

因也。

另一句是：王侯将相宁有种乎！这类似于"从来就没有什么救世主"的口号，喊出了历史上平民心声的第一声最强音。可惜的是，后来他太急于称王了，而这句话又太深入人心，搞得部下纷纷效仿，张楚事业难以为继。

再一句是：苟富贵，勿相忘。——伙颐，涉之为王沉沉者！——真到他做了陈王，过去的同伴去投奔，他却嫌忌同伴说出旧时的丑事来,影响自己的威信,把他杀掉了。最后,落得众叛亲离。看来,共苦易,同甘难呀。这是永恒的人性。

陈胜起义的前期准备,也非常有趣。他和吴广认为,起义要打公子扶苏和楚将项燕的旗号,才能号召天下,这是对的。可他又装神弄鬼,搞什么鱼腹丹书和篝火狐鸣,来强化天意不可违的合法性。也是他后来落败没当成皇帝,不然,这些小动作小把戏,还不都像母遇蛟龙、斩蛇起义、云气罩身一样成了铁定的史实,无人敢于置喙了么?

范蠡

——读《史记》之十三

蜚鸟尽,良弓藏;狡兔死,走狗烹。韩信也说过类似的话,而原创的版权却是范蠡。就在接到范蠡这封书信不久,文种竟然被赐死了——子教寡人伐吴七术,寡人用其三而败吴,其四在子,子为我从先王试之——言不旋踵,即身验之,报应来得真快啊。勾践说的可是人话么?

伐柯者其则不远。范蠡当然是从吴王夫差和伍子胥那里,悟出了极其辛酸而又无奈的臣主关系的必然,在帮助勾践灭吴后才会功成身退,翩然泛舟去国的。有人也许会问,既然如此,当初为什么苦身戮力,与勾践深谋二十余年呢,直接离开不是更明智么?主忧臣劳,主辱臣死。这是彼时人臣的大节啊。他不帮勾践,又不死节,岂

不是苟且偷活么？苦身戮力深谋二十年者,以雪会稽之耻也。

秦王蜂目豺声,勾践长颈鸟喙,好像人主的薄情寡义,刻深少恩,一切都是长相的错。实则非也。夫差刚即位的时候,不是也要分一半吴国给伍子胥么？勾践对范蠡也说过这样的话。况且,苦身焦思,卧薪尝胆,勾践可称得上是贤君,就这么不可靠吗？是的。任谁做了王也会这么做，只是迟与速的事。这是权力对人的异化啊。可共患，难处安。范蠡的毅然、决然去国，实在是来自于他对人性的这种深刻透彻的把握。

而后来的千金遣子救子，更是这种把握的最富戏剧性的精彩体现。他本来是让小儿子去做这件事的，由于大儿子不平而力争，不得已他才改派长子。最后的结果，当然是没办成。杀人者死，这是天理。救人不成也是理所必然。大儿子从小跟着他吃苦，吝财，而小儿子一生下来就过富日子，汰侈。千金之子不弃于市。爱惜钱财的和挥金如土的，哪一个更适合去救人呢？

"孤将与子分国而有之。不然，将加诛于子。"这是勾践对即将去国的范蠡说的话，表面是施报，内里充满了威胁。大名之下，难以久居。范蠡不为所动。后来，在齐国为商为相，他也能及时全身而退，散财而迁诸陶，决不恋栈。"君行令，吾行意。"多么潇洒的回答！飘飘何所似，天地一沙鸥。一位不为名利羁绊的千古策士翩翩飘逸的形象，就永远跃然活在历史的纸叶上了。

伍子胥
——读《史记》之十四

伍子胥的一生,是悲剧的一生。他一辈子就干了两件事:报仇。劝谏。

楚平王昏聩,听信谗言,杀了伍奢和伍尚。伍子胥为报父兄之仇,逃亡到吴国。欲借力吴国,雪父之耻。父仇,家仇也;亡国,国恨也,以国恨雪家仇,宁无悖逆邪?可是,这个国家都不爱你了,它又怎么值得你去爱?

伍子胥先是亡宋(为追随太子建),再是奔郑,后又适晋。后来,与太子之子胜,过昭关,病于途,道乞食,茹苦含辛,艰难曲折,抵达吴国,已是两年以后的事了。等到他访求刺客,进专诸于公子光,袭刺王僚成功,公子光自立为王(阖庐),时间又过去了五年。最后,当他和孙武将

兵击楚,大获完胜,十六年的光阴已经过去了。

父仇未报,亡命异国,整整一十六载的漫长岁月里,可以想见伍子胥胸中复仇的火焰,犹如炽热的岩浆无时无刻不在地下汹涌奔突着。报仇的机会终于来了,然而,楚平王九年前就死去了,楚昭王也逃到了随地,仇人死的死,亡的亡。其命也夫,其命也夫!他只好掘楚平王墓,出其尸,鞭之三百,然后已。这不是悲剧是什么?

如果说,在报仇上面,伍子胥表现出的是智而好谋,在劝谏吴王夫差时,就是勇而矜功了。当夫差为报父仇,首次伐越取胜,句践派人求和的时候,伍子胥谏曰:越王为人能辛苦。今王不灭,后必悔之。此一谏也。

后来,吴王兴师伐齐,伍子胥谏道:句践食不重味,吊死问疾,且欲有所用之也。此人不死,必为吴患。今吴之有越,犹人之有腹心疾也。而王不先越而乃务齐,不亦谬乎!结果,伐齐获胜,吴王益疏。此二谏也。

当吴国再次伐齐,伍子胥恺切陈词,苦力强谏:夫越,腹心之病,今信其浮辞诈伪而贪齐。破齐,譬犹石田,无所用之。愿王释齐而先越;若不然,后将悔之无及。此三谏也。三谏而不用,反遭赐死。悲夫!

伍子胥为什么敢于犯颜直谏,还不是仗着"我令若父霸""若既得立,欲分吴国予我"的劳苦功高?此所谓"勇而矜功"者也。知子莫如父,不幸被他父亲言中。时移世迁,情随事变。大丈夫当相时而动,而伍子胥却顽强地走向了它的反面,知其不可为而为之,悲壮啊。

报仇之事,虽关大义,在伍子胥还是一己之私,而苦心劝谏,就是全出公心了,且显见出他超人的政治眼光。可世事往往如此,你越是贴心贴肺死心塌地的要爱这个国家,人家越是不需要你爱,不但丝毫不领情,还会惹得龙颜大怒搭上自己一条性命哩。

蔺相如
——读《史记》之十五

蔺相如可称得上是外交奇才。什么棘手的事到他那里,都迎刃而解,应付裕如。他善于料事揣情,把人的心理都揣摩透了。正如令缪贤所云:其人勇士,有智谋,宜可使。

当秦王说要用十五城换和氏璧,赵王和大臣们还在患得患失,犹豫未决的时候,蔺相如早就成竹在胸了:"秦以城求璧而赵不许,曲在赵。赵予璧而秦不予赵城,曲在秦。均之二策,宁许以负秦曲。"那谁可出使呢?——"王必无人,臣愿奉璧往使。城入赵而璧留秦,城不入,臣请完璧归赵。"看吧,多么自信!

事情也正如相如之所料,秦王根本就没想割城换璧。

可璧已经献上,怎么办?"璧有瑕,请指示王"。小小的一个理由,轻轻就要回了和氏璧。璧拿回来了,可你这是在人家一亩三分地上,你走得了么?持璧却立。倚柱。怒发上冲冠。说:"不要逼我啊,不然我头和璧一块撞上去,咱们谁也甭想得到它!"来者不善,善者不来。秦王也佯作恍然的样子,案图授城。

蔺相如是什么人,哪会上你的当:"大王你得斋戒。以最高礼节接待。我才可献璧。"实是缓兵之计,偷偷叫人把璧送回了赵国。

你璧是送回去了,可你人回得去么?还是听听蔺相如怎么说吧:"凭着秦国的强大先割十五城给赵国,赵国哪里敢不给和氏璧而得罪于大王您呢?我知道欺骗大王罪该万死,情愿受死,赴汤也罢,蹈火也罢,怎么处置您说了算!"哈哈,要璧没有,要命有一条,看着办吧!爱咋咋地。

秦王诈夺和氏璧的阴谋破产。后来,秦伐赵,攻克石城,总算找回了一点面子。随即,秦王竟然要与赵王举行渑池联欢大会。嘿嘿,这不明明得寸进尺么?会上,酒酣之际,秦王却让赵王鼓瑟助兴。蔺相如以牙还牙,以"五步之内,相如请得以颈血溅大王矣"迫使秦王为赵王击缶。最后，乘兴而来，败兴以归，秦王什么便宜也没捞着。

弱国无外交。以相如之贤，他会不懂得这个道理？仅凭他一人之力，在秦庭之上抗言谈辩，一奋其气，就能威信敌国了么？否，否也。那是因为赵国有着以勇气闻于诸侯的大将军廉颇并一支骁勇善战的劲旅在作后盾，秦王不得不有所忌惮，他一切的底气来自这里啊。

回国后，相如拜为上卿，位在廉颇之右，廉颇不愤，相如只得事事避让，委曲求全。相如舍人看不过去，请辞。蔺相如淡淡一笑：秦王我都不怕，我会怕一个廉颇廉将军么？我只是想到秦国之所以不敢随意加兵于赵国，就是因为有我们两人在呀。将相不和，于国不利。我这样做，实在是先国家之急而后个人恩怨啊。

进化论的观点是，人类是在新旧社会制度的交替中不断进步着的。可是，两千多年前封建社会的士大夫蔺相如其人格、气节、襟怀，怎么反倒一点也不比我们现代人逊色呢，这是为什么？

廉颇
——读《史记》之十六

惠子死后,庄子乃有"郢人逝矣"的慨叹,表达了他对故友深沉的怀念,以及失去了一位旗鼓相当的论辩对手的深深寂寞与惆怅。是啊,斧子抡得呼呼响,只削去上面的白粉而鼻子却安然无恙,匠石是够神的了。可是,那位站在地上沉着镇静面不改色的郢人,才更令人敬佩。

将相和洽的高潮是负荆请罪。蔺相如的先国家后私仇,固然令人钦佩,可廉颇的从善如流,闻过则改更是让人肃然起敬。真不愧是大将风度。非廉颇不足以显相如之贤,非相如不能高廉颇之德。赵国之能跻身"七雄"之列,良有以也。

看看渑池大会吧。行前,廉颇请示:逾期不还,请立

太子为王,以绝秦望。赵王欣然允诺。何等的倚重!相如在会上张目嗔胆,庭叱秦王左右,逼迫秦王击缶娱乐,何等的气概!赵国虽然刚刚输了一场战争,但一点也没输气势和尊严。赵王、相如、廉颇,遇合有时,信用无间,真是达到了一种极致。

到赵惠文王卒,而赵孝成王立,蔺相如也沉疴在身,这才有赵括代廉颇这一出,上演了一场兵败长平四十多万士卒被坑杀的悲剧。令人浩叹。廉颇后虽复起用,却已无昔日的风采和信用了。到了悼襄王立,干脆由乐乘取而代之。廉颇怒攻乐乘,乐乘亡走,他也离开赵国,到了大梁。

后来,赵王数为秦兵所苦,复欲起用廉颇,廉颇在魏国也不得志,本来是个机会,偏偏又有小人拨弄其中,弄出个"一饭三遗矢"的笑话(这小子真有才),廉颇终不得复用。再后来,廉颇又到了楚国,碌碌无为,郁郁而终,一代良将,客死于他乡。临终留下"我思用赵人"的遗言,其陌路英雄的寂寞悲苦,让人欷歔下泪。

时者,势也;势者,时也。时势造英雄,真是一点也不错的。驼走大漠,雁排长空,这是自然生命中难得一遇的美的极致。风云际会,纵横捭阖,这也是千古难得一遇的人生机遇和生命极致。然而,有本事没本事是一回事,知遇不知遇又是另一回事。这,就得全凭运气了。一叹。

信陵君
——读《史记》之十七

士为知己者死。这,是永远让千载而下的仁人志士神往不已且沸血腾涌的人生信念。它从来不是神话,是现实。而窃符救赵,就是这一现实神话在信陵君魏公子无忌,与处士侯嬴之间的又一次精彩极致的演绎。

"臣修身洁行数十年,终不以监门困故而受公子财。"这和弹铗而歌,哀叹食无鱼、出无舆的孟尝君的门客,境界又是多么不同。侯嬴的话,让公子无忌更加坚定了求贤的决心。于是,亲枉车骑,执辔迎迓。侯嬴摄衣直上,毫不客气地坐在上座,见公子执辔愈恭,又提出来去拜访客人,公子乃引车就客,颜色愈和,到了那里,侯嬴故意站在闹市中扯长谈,还是观察公子。看到公子始终颜色不

变,才明白公子无忌的折节下士乃全出诚心,不是作秀。这与平原君的杀姬报客的矫情,相去之远真不可以以道里计。

秦围邯郸,在赵国援兵不能至的紧急关头,侯嬴从容为公子筹谋划策,公子无忌得以矫夺晋鄙十万大军以救赵困急之中。之后,度公子已至晋鄙军,事成,乃北向自刭,以送公子。它可能不如荆轲易水告别那般悲壮,但士死知己的壮烈心志却是一样没有二致的。问世间情为何物,直教人生死相许。如果不是单纯从狭隘的男女私情上具论,这又何尝不是士为知己者死的一种生动写照呢?李白说,自古圣贤皆寂寞。英雄也是,他们太寂寞了。

公子无忌的虔心向贤,慧眼识人,从来是英雄不论出处。侯嬴是看大门的,朱亥是杀猪的,毛公、薛公也是屠沽博贩、引车卖浆者流。此举却被平原君讥为妄人:我原来听说公子无忌天下无双,现在才知道净和些不三不四的人瞎混,看来也是个糊涂人。真正的颖异之士毛遂,在门下三年而不知,也不知谁才是真正的糊涂人。

将门有将,相门有相。与孟尝君的倾士争客而谋富贵不同,公子无忌求贤下士,为的是急公好义,纾困解纷。窃符救赵之前,虽然平原君也曾责以"纵轻胜,独不怜公子姊邪",但他最在乎的还是"安在公子能急人之困也?"所以,当毛公、薛公说以"今秦攻魏,魏急而公子不恤,使秦破大梁而夷先王之宗庙,公子当有何面目立于天下乎?"他才会立然变色,告车趣驾归救魏。正以此也,诸侯闻公子为上将军,才各遣将将兵救魏。

宽则宠名誉之人,急则用介胄之士。这是最令英雄气短的事。不幸的是,信陵君亦未能幸免,终于被剥夺了上将军印。最后,只能沉湎于酒色中求其解脱,病酒而卒。威震天下,名冠诸侯的一代贤公子,就这样郁郁而终了。人啊,没本事吧,不能安身立命,本事太大了吧,又为人主所忌惮,折损了性命。所以,庄子也不得不说,要处于材与不材之间,以终其天年呢。

娄敬
——读《史记》之十八

刘娄敬其人不是很有名。但他善于逆向思维,看问题能透过现象,一下子抓住本质。可惜,他生与张良、陈平同时,才能为这两人所掩,声名于世不著。

刘娄敬先后为汉高祖献过两次计策。一是定都关中。他认为居安要思危,定都何处不仅仅要便于安定和平时期的统驭,还要利于战乱年代的制控。二是平城之战。当时,刘邦派了十多批使者前往刺探虚实,回来都说匈奴可击。唯刘娄敬回来说匈奴不可打,因战争的常规是向对方炫耀自己的强盛才是,而匈奴那里处处看到的是瘦弱的牲畜和老弱的士兵,这一定是想乘人不备,出奇兵以制胜。

到底还是人微言轻啊。头一次还是张良出来说话，刘邦才得采纳。后一次，惹得急于求成的汉高祖发怒，差点丢了脑袋。让我最感兴趣的是，白登山解围之后，娄敬再一次的进言。这，让我想到了陈平解白登山之困的那条秘计。司马迁也只说，其计秘，世莫得闻。他是揣着明白装糊涂，极有可能。

据后人揣测，是陈平派人到单于冒顿的皇后那里说，高祖要选一名绝色女子送给单于为妃,她来了您就岌岌可危了,这才打动她劝说单于围开一角,放走了已成瓮中之鳖的刘邦。但后后人分析,即使汉朝不送妃子,冒顿也会自己选立妃子,这不可能动摇阏氏的女主地位。再说,美人计不是什么见不得人的丑闻,不可能秘而不宣。

后后后人又分析,白登山匈奴的布兵列阵与天象的"白衣会"暗合,是国丧之征,于单于有大凶。故而,冒顿惧惮,释汉自保。这观点也经不起推敲,既然谶纬之说"白衣会"胡人也懂,还算秘什么,何况此天象于胡主不利,又何必秘而不宣呢?再者,谶纬之学盛行,那是王莽时候的事,此前的司马迁会预先给后人避讳么?

直到见了娄敬的献策,我才恍然大悟:陛下如能把大公主嫁给冒顿做妻子,粗野的胡人一定爱慕而把大公主立作正妃,生下的儿子必定是太子,将来接替君位。冒顿在位,当然是汉朝的女婿;他死了,他汉朝外孙就是君主。哪里会有外孙敢同外祖分庭抗礼的么?可以兵不血刃,就使匈奴渐渐臣服了。

庄生有云:此亦一是非,彼亦一是非。同一件事,有时可做不可说,有时可说又不愿去做。政治嘛,噫。

孟尝君

——读《史记》之十九

孟尝君的喜士好客,声名卓著,以致今天的人们一提起来,还是言必称孟尝君。

孟尝君接待食客的时候,常常有人在屏风后边记录,客人离开还未到家,孟尝君派去慰问的人就上门了,人人都觉得孟尝君和自己最亲近,统战工作做得很到家。要是活到今天,孟尝君干个政协副主席兼统战部长是没问题的。

著名的"鸡鸣狗盗"的故事,就很能说明孟尝君的延揽人才的器识和风度。凡是有一技之长,能为我所用,无论智愚贤不肖,孟尝君都能善遇之。而实在的情形是,反正他也不缺钱,一只羊是放,一群羊也是撵,养一群食客

在门下,于"养望"也实在没什么坏处,起码可壮观瞻嘛。故而,孟尝君于客无选择。

孟尝君到赵国访问平原君,赵人慕名争睹他的风采。当听到有人讥笑他个子矮时,孟尝君一下子火了,让随行的食客砍杀数百人,差点灭了一个县方肯罢休。后来罢相,用冯驩之计得以复位后,恨恨不已地说:"食客三千人见我罢官都离我而去,如今他们还有什么脸面来见我呢?要是有回来的,我一定唾沫吐到他脸上狠狠羞辱他一顿。"这暴脾气,还是大国的相国呢。

当初,孟尝君对他父亲田婴说:相齐国十一年,也算三朝元老了,齐国国土没有扩大而您私家富累万金,门下见不到一位贤人的影子,淡漠国事,操劳却一天天的减少,也不知您这相国是如何当的? 孟尝君门下食客三千人,壮观是够壮观的了,要说全是贤人也未必,更不用说鸡鸣狗盗之徒了。有位魏子,因私下以孟尝君的名义把钱送人,还被辞退了。

孟尝君又是如何操劳国事的呢。先是发兵北上趋赵,和合秦、魏两国,收纳周最。然后说服秦相穰侯伐齐,逼走秦亡将吕礼。后来,又跑到魏国做了相国,西合秦、赵,与燕一起伐破齐国。齐湣王流亡莒地,死在了那里。

所有这些,全是固权保位,为了做稳、做牢齐国的相国。国都破了,他去做谁家的相国呢?

旁观者清,当局者迷。看来,人在台下的时候,坐在观众席上容易看清台上的言动行止,月旦臧否,头头是道。而一旦轮到自己上了台,也会做出种种令人不齿的情状来,却浑然不觉了。当年国民政府的议员自延安回来,向蒋夫人夸夸而谈,那边是如何如何清廉,如何如何民主。夫人听后,默然良久,说:那是他们还没有真正尝到权力的滋味。

屈子

——读《史记》之二十

这是一颗圣洁的灵魂。——嗟尔幼志,有以异兮。独立不迁,岂不可喜兮。深固难徙,廓其无求兮。苏世独立,横而不流兮。闭心自慎,终不过失兮。秉德无私,参天地兮。

这是一颗痛苦的灵魂。——众女嫉余之娥眉兮,谣诼谓余以善淫。——举世皆浊我独清,众人皆醉我独醒。——蝉翼为重,千钧为轻。黄钟毁弃,瓦釜雷鸣。谗人高张,贤士无名。吁嗟默默兮,谁知吾之廉贞!

这是一颗高贵的灵魂。——安能以身之察察,受物之汶汶者乎?安能以皓皓之白,而蒙世俗之尘埃乎?宁赴湘流,葬于鱼腹之中。——亦余心之所善兮,虽九死其

犹未悔。

这是一颗浪漫的灵魂。——筑室兮水中,葺之兮荷盖。荪壁兮紫坛,播芳椒兮成堂。桂栋兮兰橑,辛夷楣兮药房。罔薜荔兮为帷,擗蕙櫋兮既张。白玉兮为镇,疏石兰兮为芳。芷葺兮荷屋,缭之兮杜衡。——驾青虬兮骖白螭,吾与重华游兮瑶之圃。登昆仑兮食玉英,与天地兮比寿,与日月兮齐光。

这是一颗伟大的灵魂。——长太息以掩涕兮,哀民生之多艰。——路漫漫其修远兮,吾将上下而求索。——虽流放,眷顾楚国,系心怀王,不忘欲返,冀幸君之一悟,俗之一改也。其存君兴国而欲反覆之,一篇之中三致意焉。

诗就是他,他就是诗。人的言行、文章,无不是其情操、人格的外现。唯其志洁行贞,一旦政治失意,才会忧愁幽思,哀怨彷徨;唯其痛心现实,才会升华精神,有如激流遭遇岩石才会浪花飞溅;唯其精神高蹈,才愈发显示其心灵的高贵;唯其人格高贵,其天才的骚藻诗思才会雄奇激荡,汪洋恣肆;唯其浪漫无羁,其存君爱国的情感才会千载而下,犹足远望当归,悲歌当哭,让人潸然动容。

这是一颗上古夜空中璀璨夺目的星辰。

这是一位横空出世的浪漫的天才诗人。

这是一片永远圣洁崔嵬的人格精神的高地。

这是一位伟大的民族精神的先驱。

孔子
——读《史记》之二十一

得之者非常之人,失之者非常之人。孔子生逢乱世,礼崩乐坏,诸侯们都在忙着称雄、称霸,他却大讲秩序、爱心,推行仁政,真是南辕北辙呀。这几乎是不可能的事。有一回,子路夜宿石门,门人问他,从哪来啊?子路说,从孔夫子那里来。守门人点点头:哦,就是那位"知其不可为而为之"的老倔头么?

孔子去鲁,斥乎齐,逐乎宋、卫,困于陈、蔡之间,于是反鲁;十四年间,奔波游说,周游列国,外人眼中的孔子分明是执著。有一次,子贡问他:这里有一块美玉,是装在匣子里藏起来呢,还是找个识货的人卖了呢?孔子却风趣地笑着说:卖了吧,卖了吧,我自己也正等着识货的

人呢!

"沽之哉,沽之哉,我待贾者也!"这,其实是自己调侃自己的玩笑话,他哪里会是为了现实利益而求售的一个人。孔子虽是一片救世的热肠,但他决不妥协,他热衷,但是决不苟合。反功利才是孔子的真精神、真人格。那一次,师徒们被围困在陈、蔡之间,露宿荒野,走走不掉,吃没的吃,饿得都站不起来了,孔子却依旧在雨中弹琴歌唱呢。弟子们"愠"见,孔子一一开导:我们又不是一群野兽,为什么被困在这旷野里?是我的学说和理想有什么问题吗,为什么到了这种地步?

只有颜回的话,才算说到他心坎上:"夫子之道至大,故天下莫能容。虽然,推而行之,不容何病?不容,然后见君子!夫道之不修也,是吾丑也。夫道既已大修而不用,是有国者之丑也。不容何病?不容,然后见君子!"大有只问耕耘,不问收获,只求在己,不顾现实的勇气。这是一位光荣的失败者。这又是一颗有着与耶稣同等慈悲心怀的伟大心灵。周游列国之间,哪里是为了求一个官做。

仰之弥高,钻之弥坚,瞻之在前,忽焉在后。颜渊的向慕于前,后人的神化于后,好像这位万世师表的孔夫子真是一位不食人间烟火的圣人了。实则,孔子是一位极富幽默感、最有人情味、尤可亲近的蔼然长者。有人讽刺他说:伟大啊孔子,博学多才却不能专于一能。孔子听后,拟自问自答状:"你说我该专于什么呢?是骑马呢,还是射箭?我还是骑马吧。"你看,他是多么风趣,又不失狡黠。

厄于陈、蔡那一回,听到颜渊出乎意料的回答,惊喜之下,孔子的幽默冲口而出:"太对了!颜回啊,你要是有钱了,我给你当个管家吧!"饿得都快站不起来了,他还有心思开这种玩笑。在郑国,他与弟子们走失,一个人呆呆站在东城门下。有人就对子贡说:那里有个人,无精打采的样子简直就像一只丧家犬呀。没想到,听了子贡的话,他却欣然颔首称是。

"形状,末也。而谓丧家之狗,然哉!然哉!"敢于自我嘲弄,即便到了最落魄、最尴尬的时候,他犹自保持着浓郁的人情味和优雅幽默的风度。这,就是孔子的人格魅力。

庄子
——读《史记》之二十二

屈子、孔子、庄子,这三位在一起蛮好玩的。屈子不能为人主所用,行吟泽畔,是骚怨。孔子却周游列国,四处求售,是执著。他们皆追求"有用",是入世。唯独庄子,布衣草鞋,糁汤野菜,物质贫困,精神自由,不求名也不求利,是寂寞一生的大文豪。他追求"无用",是超脱。

山木自寇,膏火自煎,有用还不如无用。在庄子看来,孔、屈他们追求的所谓有用,不过是太庙里盛饰而牺牲的那片龟甲骨而已,漂亮是够漂亮,尊贵也够尊贵的,但却要付出生命和自由的代价。所以,当楚王使使厚币迎之,许以为相的时候,他才会持竿不顾,不为所动:我可不当那块龟甲骨!你们回去吧,我也愿意拖着尾巴在烂

泥里爬呢。

所谓有用,当然是着眼于纷扰而又短暂的社会现实而言,无用呢,却立足于解决人的人生困境,是大用。二者境界,高下立判。庄子一开始就企图为人类找寻一个不仅摆脱现实社会困境,而且摆脱最终生命困境的人生蹊径。这就要求,首先要鄙弃人世间的一切功名利禄,道德式范,从而全身远祸;还要齐同生死,超越死生,达到真正逍遥自适的人生理想。一句话,等生死、轻去就而已。

天下莫大于秋毫之末,而泰山为小;莫寿于殇子,而彭祖为夭。这样看来,庄子的宁愿受穷也不做官,妻子死了却鼓盆而歌,临终前拒绝弟子的厚葬,等等不一的奇异言动,虽不免惊世骇俗,却也不是那么的不可以理解了。

最能体现庄子逍遥自适的精神者,莫过于庄周梦蝶。"昔者庄周梦为蝴蝶,栩栩然蝴蝶也;自喻适志与,不知周也;俄然觉,则蘧蘧然周也。不知周之梦为蝴蝶与,蝴蝶之梦为周与?"不仅使梦在文学上获得了无与伦比的殊荣,成为一种浪漫的高级的审美活动,而且首开"人生如梦"的滥觞,使之成为中国士大夫的一种精神标签和遗传基因,绵延不绝,代代相传。

儒家的积极入世,干预现实,就不能不与外界发生冲突;人事扰攘,利害倾夺,最后弄得身心疲惫,非常痛苦,莫得解脱。这时候,就用得着道家的庄子了。庄子是专为失意人准备的清凉剂和镇静药,它的超越功利,超越现实,超越生死,逍遥自适的精神修养方式,能让人净心涤虑,虚静忘我,从而获得彻悟后人的心灵的真正的大自在。

今人亦见古时月,古月永远照后人。庄子,人类精神天幕上的一轮皓月,它超迈高卓,它孤独寂寞,它照耀千古,它既浪漫无羁,它又风情万种,安妥抚慰了且将继续安妥抚慰着一颗颗失意倾侧的充满乡愁的美好灵魂,无远弗届,无微不至。

邂逅集之《复仇》
——画说汪曾祺

汪曾祺的小说,清、雅、淡、美,是当代抒情小说写得最好的一位风格作家,向以平实淡远著称,有风俗画圣手的美誉。他早期的小说,却极富浪漫主义气质,多运用现代派手法,意象瑰奇,辞藻华美,判若两人。《复仇》是汪氏早期小说《邂逅集》中写作时间最早的一篇,也最能代表他早期小说的风格。

小说家为什么会写这样一篇小说,据说是有感于当时(一九四一年、一九四四年)的时局。据他夫子自道,他对鲁迅小说是颇为倾服心折的,曾经发愿如金圣叹批点水浒一样逐篇评点,后因"文革"事遂寝。私意觉得,《复仇》隐隐有《铸剑》的影子呢。当然,二者的风格迥异,立

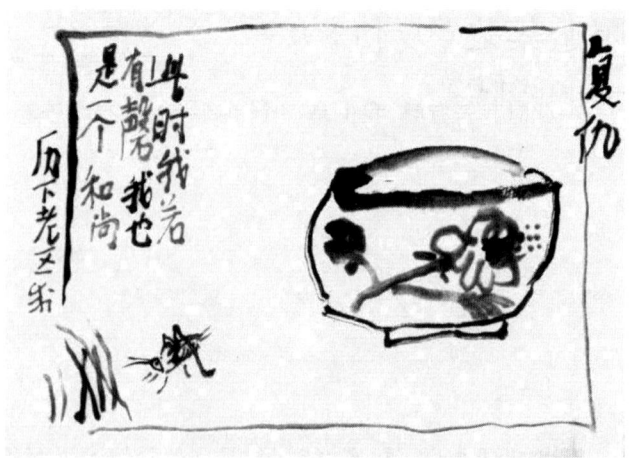

意颇不相类,《铸剑》是英雄传奇,复仇的涵义更深邃,忧愤更深广,那种一诺千金,生死以之的气概,激人沸血。显然是鲁迅的人格气质。而汪曾祺的《复仇》,却安恬空灵,充满禅意,在情节的演进上,在人物心灵的嬗变上,却是润物无声,潜移默化。"复仇者不折镆干,虽有忮心,不怨飘瓦。"也可以说,小说其实是庄周达生观(破执)的一种形象的演义。其中,还有一些佛家出世思想的成分在。这,显然是汪曾祺的人格气质。

　　小说、戏剧也好,绘画、电影也罢,好像都是作者在借他人酒杯,浇自己块垒。"此时我若有磬,我也是一个和尚。"这是复仇的旅人夜宿山寺的内心独白。读到这里，画画的老五也不禁嘿然自嘲：留光头，不饮酒，不吃肉——此时我若有磬，我也是一个和尚——遂有会于心，慨然形诸水墨。五兄，我猜得可对？

邂逅集之《老鲁》
——画说汪曾祺

老鲁常常蹲在包子铺的门口抽他的烟筒,呼噜呼噜。他拿着新买的烟筒向我照了照:"我买了个高射炮!"这是小说《老鲁》的一段结尾。不由人想到汪曾祺的另外一篇小说《八千岁》中的那个著名的结尾:吃晚茶的时候,儿子又给他拿了两个草炉烧饼来,八千岁把烧饼往账桌上一拍,大声说:"给我去叫一碗三鲜面!"

相信读到这里,没有人不哑然失笑的。对八千岁的笑,如果说还有些许嘲讽意味的话,对老鲁的笑,就尽是同情了;当然,同情中饱含了心酸,又不得不让人一掬酸辛之泪了。是含泪的笑。

八千岁者谁,米店老板也。一个八百现大洋买两匹

骡子,眼都不带眨一下的主儿,日常里却不看戏,不打牌,不吃烟,不喝酒,一年三百六十日,顿顿咬嚼草炉烧饼,喝着带茶叶棒子的酽茶。僧道无缘,概不作保。省俭得直是财奴自虐,吝啬得又不近人情。遇到个好看的女人,也赶忙跑掉,把一个男人的那点本能的冲动也慌忙掐死。呵呵,有意思么?他觉得有意思。

省俭又能怎样,一年三百六十日天天吃草炉烧饼,省下的钱却给人变作了烟花女子六百大洋一件的狐肷斗篷,变成了军阀老爷"霸王别姬"的满汉全席宴。省俭又能怎样,你能躲得过这个虎狼世界的恃强凌弱,弱肉强食和巧取豪夺么？

老鲁却不是这样的人，勤谨却不吝啬，通达而又仗义。苦巴苦做，积积攒攒，只是为得日后的一身之栖，一餐之供罢了。结果呢，又是一百六十担麦子，又是一斗四升豆子，又是十万担水费，又是二十万包子铺股金，回回都是肉包子打狗——有去无回。善积善累又能怎样，苦巴苦做又能如何，你能抵得住物价腾涌飞升么？天道酬勤呀，勤劳致富啊，还不都是骗人鬼话么。这个世界！

邂逅集之《戴车匠》
——画说汪曾祺

一个人走进他的工作,是叫人感动的。据说,当年的编辑竟然给改成了:一个人走进他的工作室,是叫人感动的。汪曾祺唯有苦笑而已。是的,一个人全身心沉浸在他的工作中,是一种极致,当然令人感动,何况戴车匠从事的又是一种独一无二的职业。劳动着,是美丽的。所以,住在这条街上的孩子多爱上戴车匠家看他做活,一个一个,小傻子似的,聚精会神,一看看半天。

孩子们愿意来,还因为他养着一窝老鼠——白耗子,装在一个有玻璃的长木箱里,挂在东面的墙上。洋老鼠在里面踩车、推磨、上楼、下楼、整天不闲着,——无事忙。这当然是养来给他儿子玩的。无情未必真豪杰,怜子如

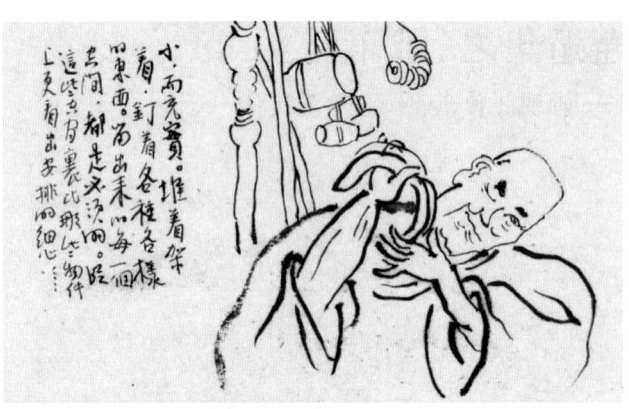

何不丈夫。戴车匠是很有爱怜之心的。

这里的清明节竟然成了孩子们的节日——吃螺蛳,玩螺蛳弓。螺蛳弓是竹制的小弓,有一支小弓箭,附在双股麻绳拧成的弓弦上。竹箭从竹片当中的一个窟窿里穿过去。孩子们用竹箭的尖端把螺蛳掏出来吃了,用螺蛳壳套在竹箭上,一拉弓弦,弓背弯成满月,一撒手,哒的一声,螺蛳壳便射了出去(箭仍在窟窿里)。射得相当高,相当远。

螺蛳弓没玩过,但类似的槐条、荆条弓我是玩过的,用高粱的细秸秆一头钉进细钉子作箭,来射击树叶、瓜叶、鸡鸭猪狗,的是一种乐趣。清明节前半个月,戴车匠就把别的活都停下来,整天地做螺蛳弓。螺蛳弓当然是收钱(再来钱,恐怕也不如桅杆上的滑车来钱吧)的。但快乐却不是钱能换来的。一个人对自己的孩子有爱心,是不难的,难得的是对所有孩子都有爱心。幼吾幼以及人之幼,这当然是做人的一种高境界了。

汪曾祺写文章有两个偏好。一是喜欢写别的名家写过的名篇,如《故乡的野菜》,如《桃花源记》,如《岳阳楼记》。一是喜欢自己的同一篇小说重新写过,如《复仇》,如《异秉》,如《戴车匠》。于此可见,他是多么的自信,又是多么的自负。

邂逅集之《艺术家》
——画说汪曾祺

这是一篇主角没有出场的小说。可他是位真正的艺术家。

"这是我见过的最好的茶花,仿佛从我心里搬出来放在那儿的。"先是自一盆茶花进入壁画,当然也是茶花——画以墨线勾勒而成,再敷了色的。填的颜色是黑,翠绿,赭石和大红。作风情巧而不卖弄;含混,含混中觉出一种安分,然而不凝滞。线条严紧匀直,无一处虚弱苟且,笔笔诚实,不笔在意先,不虚妄。各部分平均,对称,显见一种深厚的农民趣味。

乍见之下,他起了一个疑问,这画会是谁画的呢?他想到了自己雇佣的木匠——他钉钉刨刨,刨刨钉钉,整整

弄了三天,一丈来长的壁子还是一块一块的稀着缝——这个画当然不可能是他画的。

在茶馆里,又一回谛视的壁画,依然是茶花。仍是墨线勾成,敷以朱墨赭绿,墙有三丈多长,高二丈许,满墙都是画,设计气魄大,笔画也很整饬。笔画经过一番苦心,一番挣扎,多少割舍,一个决定;高度的自觉之下透出丰满的精力,纯澈的情欲;克己节制中成就了高贵的浪漫情趣,各部分安排得对极了,妥贴极了。干净,相当简单,但不缺少深度。不说别的,四尺长的一条线从头到底在一个力量上,不踟蹰,不衰竭。可谓至矣尽矣。说画就是说人——画如其人,人如其画嘛。

这是村子里一个哑巴画的。从小爱画。但没学过画。一门心思就是画。见什么画什么。是个画痴。——"唉,死了还不到半年。"茶馆老板竟然说。他试着说出老板说不出的心里话:"画里有一种东西,一种说不出来的东西,看久了,人会想,想哭?"老板点头,点头很郑重其事。老板眼中有一点湿意。

吁!美,不免使人惆怅。这好像是沈从文的话吧?

邂逅集之《落魄》
——画说汪曾祺

这位扬州人老板,一看就和别的掌柜的不一样。他穿了一身铁机纺绸褂裤在那炒菜。盘花纽扣,纽袢拖出一截银表链。雪白的细麻纱袜,浅口千层底礼服呢布鞋。细细软软的头发向后梳得一丝不乱。左手无名指上还套了个韭菜叶的金戒指。周身上下,斯斯文文。这个馆子不大,除了他自己,只用了个本地孩子招呼客座,摆筷子倒茶。可是收拾得干干净净,木架上还放了两盆花。——这是一个具有人情味和书卷气的饭馆。

最后呢,落魄到在学校的门外搭了一个永远像明天就会拆去的草棚子卖包子、卖面。再看看那位当初潇洒的扬州人老板——他牙齿掉了不少,两颊好像老是在吸

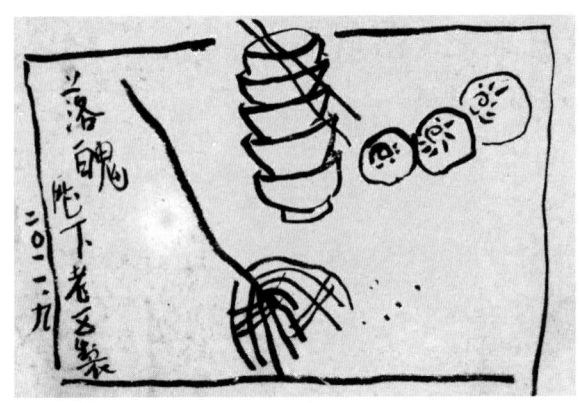

气。而脸上又有点浮肿,一种暗淡的痴黄色。肩上一条抹布,湿漉漉的。一件黑滋滋的汗衫(还是麻纱的!),一条半长不短的裤子。衣裤上到处是跳蚤血的黑点。好脏的脚!仿佛污泥已经透入多裂纹的皮肤。十个趾甲都是灰趾甲。左脚的大拇指极其不通地压在中趾底下,难看无比。

"对这个扬州人,我没有第二种感情:厌恶!我恨他,虽然没有理由。"亲手建立起一个美好,而又亲手打碎这个美好,难怪要让人恨。孙犁晚年好像说过:革命,革命,都他妈革了些嘛!读读《风云初记》,再读读《芸斋小说》,你就会明白汪曾祺为什么会恨这个扬州人。

邂逅集之《囚犯》
——画说汪曾祺

车厢小社会,社会大车厢。丰子恺的妙喻:没座的号召造反,有座的呼吁秩序。流沙河想得就更远了:地球列车,承载万物,包括人类,奔跑在时间的轨道上,从浑浑沌沌中来,到苍苍茫茫中去。何处是起点?哪里是终点?天天有人下车,一去不返,我在哪一站下?非徒涵蕴哲理,抑且充满感伤和惆怅。

汪曾祺的这篇《囚犯》,虽是写了汽车上半小时的车程,却教人看见了人之一生尴尬无处不在——押解兵的丘八遇到秀才的尴尬,囚犯手不能攀肩不能触只能任由汽车颠簸的尴尬,女人躲避囚犯与生理反应的尴尬,而"我"的尴尬则更甚:有虱子、疥疮的侵扰,有囚犯的困扰

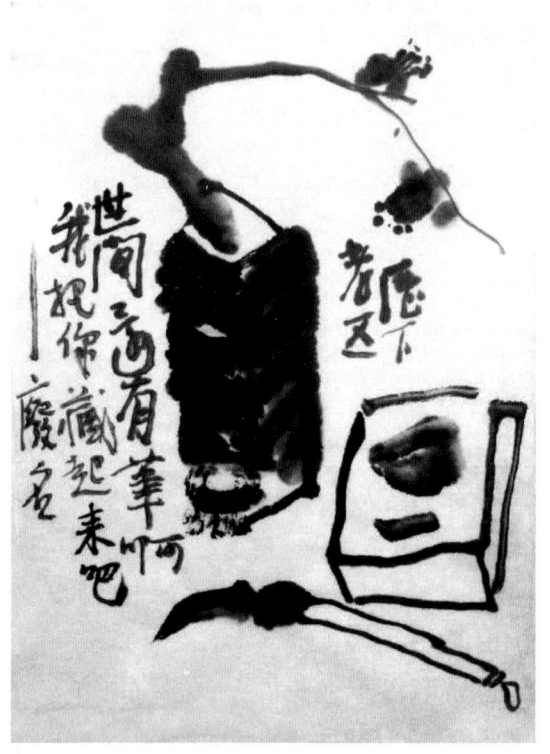

和期援,有女人的逼迫与竣拒,还有自己内心牺牲与保全之间摆簸不定的斗争。

世间还有笔啊,我把你藏起来吧。——相信汪曾祺和废名的人生感受,并不尽相同。而无奈,则一。

这篇小说,显著的带有汪氏早期小说的特点,善于捕捉感觉,善于体味感觉,善于描写感觉。父子间眼神的交流、身体语言的默契,副班长的欲仰承、欲俯就的处世尴尬,兵与囚犯的不同精神面貌、心理状态,科头兵的赳赳昂昂、落落不偶,汽车上生存尴尬的众生相,"我"一路心路历程的变化和递进,在在如闻如见,如琢如磨,无不栩然生动。善感物态,善阐物志,让人感叹汪曾祺体察物理人情的敏感精微和他状物传神的精妙。张兆和说汪曾祺是下笔如有神,信不诬也。

邂逅集之《鸡鸭名家》
——画说汪曾祺

一个很好看的鸡,在小院里顾影徘徊,又高傲,又冷清。

小说中汪曾祺是擅用闲笔的。也最能见出他的文章之美。周作人认为缺少文章之美,乃是新文学之最大缺陷。把小说当作文章苦心经营的,废名算一个,孙犁算一个,再就是汪曾祺了。

《邂逅集》中,最接近汪曾祺后来风格的小说,要算这一篇《鸡鸭名家》了。汪曾祺的散淡,汪曾祺的从容,汪曾祺的漫不经心,汪曾祺的散文化,汪曾祺的风俗画,在这里都已经初见端倪。小说,别人是写故事,他是写生活。没有对生活的熟悉了解和对之持以欣赏态度的浓厚兴

趣,没有一支下笔如有神的笔,是写不了这样子小说的。

闲笔,是正文的逸出。是一种点染,一种映带,一种烘托;也是一种丰富,一种完善;更是一种对生活占有上的优游裕如,一种写作风度上的从容不迫,若不经心,涉笔成趣。别人是当作一种点缀,汪曾祺却是当成正文来写,大段大段地铺陈。这篇小说经过了四分之一强的篇幅,才来正式切入正题。最极致的当属《大淖记事》,闲文铺陈竟然过半。好在,即便是信马由缰,他也有足够的自信和笔力,再收回来。闲笔不闲。须知,所谓的风俗画,正在此也。汪氏小说的特色,亦在此也。

除了晚年写的那些短小的笔记小说,汪曾祺很少有开门见山的小说开头。读他的小说,好像是在杂花生树,群莺乱飞的原野上,一个人漫步其间,适适然,施施然,越陌度阡,穿枝拂叶,走在香花迷漫的幽曲小径上,鸟也应一句,花也问一声,一路迤迤逦逦而来,何其顾盼有情也,何其起止自在也。当代作家里,能得他笔法神髓而又自成面目的,好像只有东北的阿成。汪曾祺是闲步,阿成是闲聊。

刚才那两个老人是谁?——刚才那两个老人是谁?——那两个老人是谁?——那两个老人是谁呢?——然而那两个老人是谁呢?直到终卷——这两个老人怎么会到这个地方来呢?他们的光景过得怎么样了呢?你见过如此的小说开头和结尾的么?乍读之下,令人拍案叫绝。既有《诗经》式复沓的手法,又有现代派的味道,兼收"一唱再三叹,慷慨有余音"之奇效。

邂逅集之《邂逅》
——画说汪曾祺

读汪曾祺的小说,常常让人想到一个词:阅读生活。他是一位对生活持有高度兴趣的作家。在他眼中,无处不是艺术,生活是那么多情。每一个生活细节,每一个人生场景,全都收入他摄像机一样的笔下,缓缓地,轻轻地移动着画面的镜头,带你进入欣赏的境地——在回乡的船上,邂逅的一位盲人和他的女儿卖唱。小说极其欣赏地刻画了他们父女的衣饰整洁、仪态自然、气度文雅,以及他们的演唱——唱得深极了,远极了,素雅极了,醇极了,细运轻舒,不枝不蔓,舒服极了。

《邂逅》让人想起汪曾祺的另一篇小说《露水》。而小说的主角,就是《邂逅》中与盲人和女儿形成鲜明对比

的鸦片鬼和麻脸女人,几十年后,汪曾祺把他们单独拿出来,写成了《露水》。在这里,鸦片鬼和麻脸女人,他们的相貌、言行、演唱,是那么的夸张、恶俗、猥亵、下流,而到了《露水》中,他们是那么的不幸,那么的勤谨自尊,那么的令人同情。小说把他们的萍水相逢,相濡以沫,美好而又短暂露水一般的爱情,写得那么凄美动人,让人下泪。

《露水》一如汪曾祺晚年的所有小说一样,平实,洗练,明净,淡远。好比是一片疏朗的竹林,一条清澈的溪流,你可以轻易地走进竹林,踏进小溪,欣赏那动人景色。但笔力纡徐而集中。而《邂逅》却因为它太真切,太细致,太平均了,常常感到有些分神儿。是一种笔力上的干扰和分散。二者的最大区别,还不在这里。而在于,作家前期的小说是注重感觉,注重人物外在仪态、气质、风度的刻画,而后期小说却转而注重生活,注重人物内心、思想和情感的诠释。前者以才华,后者以生活;前者清轻,后者醇厚。

聊斋新义之《虎二题》
——画说汪曾祺

虎生犹可近,人熟不堪亲。《增广贤文》一书,率多鄙陋、世故,且取实用主义态度,但亦不乏至理名言。虎亦具人性。可真正把虎作人来写的,是柳泉先生。虎吃人,天经地义,却能知惭愧,具反省,奇。奇的是,老太太却要告老虎。县宰无奈,只好火签拘票,也真有人敢应命,亦奇。虎能自首,甘愿受缚,又是一奇。县宰赦虎代子,虎恪践前诺,奇哉,奇哉。事涉无稽,荒诞不经。

最奇的是,虎竟然錾锁自励:专吃坏人。这是汪曾祺的神来之笔。聊斋本是传奇,为义虎传神写照。而汪曾祺却把虎还原于常人,具人情,知惭愧,作人子,尽人伦,安其身,立其命。立意更上层楼。描写更加曲尽其妙。义哉,

赵城虎！雄哉，赵城虎！聊斋新义，是聊斋的生发、升华。

　　小说中的县宰，虽着墨不多，亦可圈可点。是位深通人情世理的好官。设若老太太生今当世，长县是见不到的，顶多转到信访局——没有政策依据呀——我能管得了人，还能管得了老虎么？——信访局一个电话，让乡上、村里来领人，就回家了。老太太可能就上访上访上访一直访下去，最终成了问题老太。这是天方夜谭么？吁——！

　　老虎啊老虎，你也不要生在当世，累。

聊斋新义之《双灯》
——画说汪曾祺

上世纪八十年代初,小说的魔幻主义风靡一时,许多作家群起而效仿之,最典型的是小说的傻子视角。其中的翘楚,当属莫言的《透明的红萝卜》。汪曾祺当然是关注的。他看了几篇拉美的魔幻小说后,心说,这有什么呀,我们中国早就有了——自六朝的志怪以迄聊斋志异,真是浩如烟海。中国是魔幻小说的大国。由是,萌发了改写聊斋的愿念。

《聊斋新义》十二篇,就是这一愿念的实践。拉美魔幻小说,给人最强烈的阅读冲击就是——荒诞。汪曾祺的聊斋新义,精神上与《聊斋》一脉相承,出入幻域,顿入人间,魔幻一仍其旧;只是更加自然、集中,更加纯粹、洗

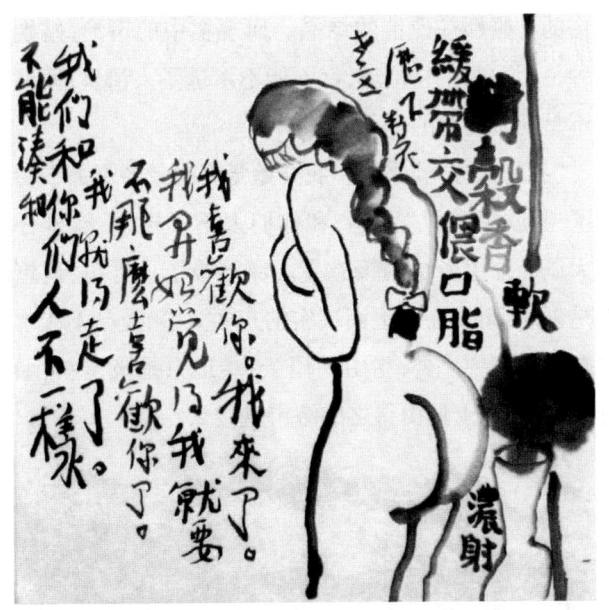

练,也更美了,却不荒诞。他的改写聊斋,是有着和魔幻主义一较高下的野心在,还甭说,他也真的做到了。这老头儿的好胜心之年轻,让人叹服,骨子里是到家的自信与自负。

汪曾祺的这些小说,魔幻的同时,是注入了新的小说观念和思想意识的。相较聊斋原作,是有发展,有创造的。《双灯》的爱情观念,就是全新的,破陈腐旧套,惊世骇俗的。婚姻是爱情的结晶。而现实中的情形,婚姻是一种伦理关系。是伦理,就不能不渗透了人情世理,就不能不是现实利益的一种妥协。

"我喜欢你,我来了。我开始觉得我就要不那么喜欢你了,我就得走。""我们,和你们人不一样,不能凑合。"这大概是理想爱情的极致了。潇洒极了。可是,理想只能是理想,附着在它上面现实的东西太多,爱已不能承受之轻。阆苑一片雪,巫山一段云,难道只是镜里花、水中月,只能于海上仙山得之的海市蜃楼么?噫。

聊斋新义之《瑞云》
——画说汪曾祺

女为悦己者钟情,士为知己者纾困。《瑞云》可称文士版的《虬髯客传》。

红拂之倾心李靖,自是巨眼识英雄;以身相许,夤夜就奔,更是惊世骇俗。惜传奇者,未能于李靖知己反报上着一二笔墨,英雄稍欠神采,亦是遗憾事。而柳泉先生,却能循此以进,更上层楼,将风尘侠义、红颜知己敷演得更加真切细微,曲折动人。谓之"风尘三侠",贺生、瑞云、秀才亦是当之无愧色的,即便红拂、李靖、虬髯当前,何敢少让,并不稍逊的。

惜乎!人多知红拂、李靖、虬髯为风尘三侠,而贺生、瑞云、秀才,却长期的淹没无闻,令人不得不为柳泉先生

抱一大屈,嗟叹久之。而独能只眼识拔昭彰《瑞云》者,唯汪曾祺一人而已。但汪先生足令称道,最让人喝彩的,是给这篇小说加的那个结尾——

这天晚上,瑞云高烧红烛,剔亮银灯。

贺生不像瑞云一样欢喜,明晃晃的灯烛,粉扑扑的嫩脸,他觉得不惯,他若有所失。

瑞云觉得他的爱抚不像平日那样温存,那样真挚,她

坐起来,轻轻地问:

"你怎么了?"

人生就是缺憾。得不到的,才是最有意思的。一旦称心圆满,就会若有所失,也是大煞风景的。不得不又重新陷入新的不满足。

聊斋新义之《黄英》
——画说汪曾祺

一从陶令平章后,千古高风说到今。人,是要有一点精神的。

不为五斗米折腰,却令千古以下的骚人雅客共折腰。——环堵萧然,不蔽风日。——幼稚盈室,瓶无储粟,生生所资,未见其术。——毕竟,五柳先生太穷了。遂令古今文士不得开心颜。由是,乃有蒲留仙妙笔生花的《黄英》诞世,清雅而且能致于富,遂使千古文人得一扬眉吐气。

孙犁先生曾说,司马相如是中国第一位具有商品意识的大文豪。我看也未必。当垆卖酒涤器,倒像是文痞的无厘头呢,羞辱卓王孙而已。只有到了黄英这里,才是

真正商品意识的觉醒：自食其力不为贫，贩花为业不为俗。什么时候，自食其力是不丢人的。

不管白猫黑猫，逮住老鼠就是好猫。允许让少数人先富起来。知识分子才算真正赶上了好时候。想不到的是，十亿人民九亿商，还有一亿要开张。举国为之若狂。东篱非复采菊地，早就变成市井了。这个集市上，人头攒动，比肩继踵，到处都写满了两个字：交换。人们趋之若鹜,纷纷掏出心来,换得一串一串烧烤的人心,大咬狂嚼,扬扬自得。叹叹。

　　人即是菊,菊即是人。花随人意。人之意即是花之意。如今,还有几人能闲下来,看一看花,听一听鸟,观一观云呢? 何立伟说,不管夜色多么黑暗,我们依然抬头仰望那一角星光。来吧,来——!

聊斋新义之《陆判》
——画说汪曾祺

断鹤续凫,矫作者妄。移花接木,始创者奇。这虽是蒲松龄对陆判的品题,用之于汪曾祺也是可以的。他对这篇小说的改造,的是点石成金,化腐朽为神奇。

洗心革面,改头易心,事情是够神奇的了。但这也只是满足了封建时代蹭蹬科场的大多数读书人功名富贵、官骄妻娇的终极欲望——这是蒲松龄的一个情结——而已,碌碌未见有奇节。而汪曾祺却捐弃这一主线,只写朱尔旦妻子改换头面后的种种乖张行为,令小说顿生豁然开朗之奇效。

只有换头术,却无夺志功。朱妻种种的言不由衷,举止罔措,视为对东施效颦的嘲笑也可,看作对邯郸学步的

讽刺也行。我与我周旋久,宁作我。一个人很少愿意自己是另外一个人的样子(汪曾祺语)。可世上偏偏就是有人,要去做这种费力不讨好的事。结果,弄得"我找不到我"。

心之官,则思。生活在聊斋先生那个时代的人,这是真理。所以,换一个好一点的心,人就聪明起来。换了头呢,就会弄得思想混乱,行为乖张。今天,大脑是人体的司令部,已经成为现代人的常识了。这一点,难道汪先生没有想到么?小说如果写换头后的朱妻如何改变了以前的性情,倒更合情合理一些,我以为。

聊斋新义之《石清虚》
——画说汪曾祺

鲁迅说得没错,《聊斋志异》是:描写委曲,叙次井然,用传奇法,而以志怪。情节的曲折,故事的戏剧化,怕是在短篇小说上要数得着的了。

《石清虚》写邢云飞的对石的痴爱,可谓穷形尽相,无以复加——什么也可以不要——命也可以不要——石头得要!一块石头,无意中得之,无奈中失去,得而复失,失而复得,失失得得,得得失失,凡七次。而最后,石与人相终始。谚云,铁石心肠也动情,良是。

我不善于讲故事。——我也不喜欢太像小说的小说,即故事性很强的小说。——故事性太强了,我就觉得不大真实。——看来,汪曾祺是不大喜欢这篇《石清虚》

的。他把它压缩到只有两段情节。故事就简单多了,也自然多了,反倒更真实可信。

这篇很像小说的小说,到了汪曾祺手上,倒更像一篇散文。他的改写魔幻小说,就是要注入当代意识,使它成为新的东西。当代意识有二,一是思想,一是小说写法。小说的散文化,就是一种当代意识。

我追求的不是深刻,而是和谐。——这就是汪曾祺的小说信条。

聊斋新义之《促织》
——画说汪曾祺

宁鸣而死,不默而生。这好像是胡适喜欢说的一句古人格言吧。

《促织》在聊斋的各种选本里都有它,好像也进入了中学课本,是最能代表聊斋之刺贪刺虐特色的名篇之一了。可在篇末,蒲留仙竟然大发议论:一人飞升,仙及鸡犬。信夫!——让人觉得甚为不伦。

蒲松龄是把《聊斋志异》当作史书来待的。这是他的超卓处。每每篇末也仿太史公曰,来一段异史氏曰,有时发一段议论,有时写一小段子,作为正文的映带,使小说余韵悠长,耐人寻味,行文上更加摇曳生姿,顾盼生辉。但也不乏败笔。

原小说中的成名之子,是身化促织(蛐蛐)而又复原了的。汪曾祺却让他死了。但不是悲剧。因为他活了一秋,并且打架赢了。他其实是获得了一种新生。小说便从讽时刺世,升华为凤凰涅槃。

《促织》也获得了一次重生。

聊斋新义之《捕快张三》
——画说汪曾祺

满园春色关不住,一枝红杏出墙来。这诗当然是很高明的。红杏出墙,本是说自然生命的富含生机与活力,后来却成为女性婚外遇的专属名词,这也许是诗人当初所未能料到的吧。

小说《捕快张三》,并无多少曲折情节,只是写了一个"态度",汪曾祺也借此表达自己一贯的这个"态度"——女性观而已。小说名篇《大淖记事》中,大淖一地的风俗是:男女关系比较随便,姑娘未婚生子,女人在自己的男人之外再"靠"一个,在她们来说皆是平常事。这里男人和女人好,还是恼,只有一个标准:情愿。《捕快张三》之前的《双灯》里,男女情爱的聚散离合,也是只有一个原

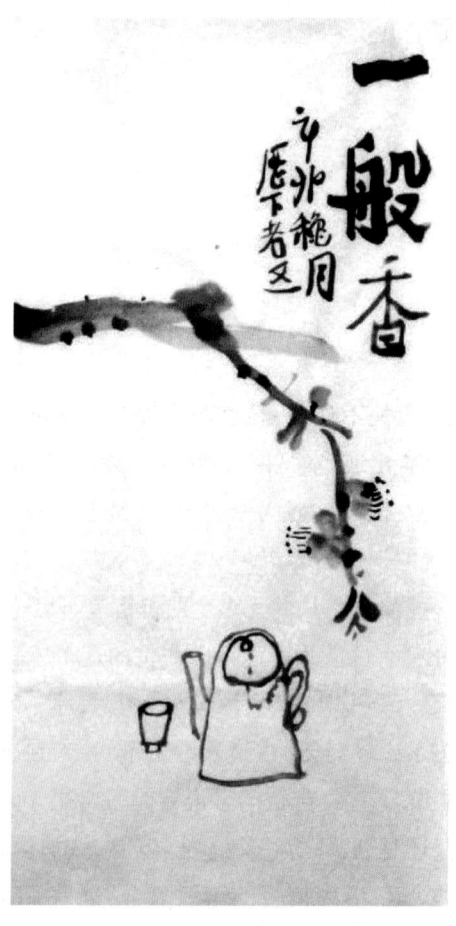

则:随缘,不凑合。

《大淖记事》写于一九八一年,《双灯》写于一九八八年,《捕快张三》写于一九八九年,说汪曾祺的"态度"是一而贯之的,大概不会错吧?汪曾祺还有一篇小说《薛大娘》,是一九九五年写的,仍是这一态度的延伸和继续——"不图什么。我喜欢他。他一年打十一个月光棍,我让他快活快活,我也快活,这有什么不对?这有什么不对?谁爱嚼舌头,让她们嚼去!"

小说最后,写到了薛大娘的脚:十个脚趾舒舒展展,无拘无束。她的脚总是洗得很干净。这是一双健康的,因而是很美的脚。这只是写一个人的脚么?可惜的是,这篇很美的小说,却不为更多的人注意。有人会说,这老头儿观念够超前的。是。正常人追求健康的欲望,有什么不对?汪曾祺说,作家就得比常人超前一步,看得更远一些,思考得更深刻一些。不然,要作家干什么呢?

聊斋新义之《画壁》
——画说汪曾祺

唯物主义认为,幻由心生,人的心理意识也是一种客观存在。幻想,虽事涉虚无,但也不是一无凭依,是有现实生活为蓝本的。声名昭著的《枕中记》、《南柯太守记》,亦是因喻设幻,但种种的花柳繁华地,温柔富贵乡,却无一不是现实世界的翻版。唯其如斯,"人生如梦"的警钟才分外响亮,促人猛醒。

而柳泉先生的《画壁》,作意造奇,无非是向世人揭橥:幻由心生。心之所想,皆是真实。由观壁画而入画壁,再由画壁入壁画,最后回到禅堂,壁画是真?画壁是假?画中人是真?壁中人是假?抑或全然相反?真中有假,假中有真,真也是假,假也是真,真真假假,实实虚虚。

假作真时真亦假,无为有处有还无。——这才是汪曾祺对《画壁》立意的进一步强化。

相由心生。而人心不同,各如其面。原版、翻版、衍版;文言、白话、影像——柳泉先生画壁,汪曾祺画壁,电影(视)画壁,今日三者同观——汪曾祺画壁已非柳泉画壁,影视画壁已非柳泉画壁,柳泉画壁亦非复现实之画壁矣!而真真出幻,幻幻生真,则一。

聊斋新义之《牛飞》
——画说汪曾祺

梦,到底可信不可信,先不去讨论它。但,它对中国人强烈的心理暗示,恐怕是深入骨髓,说它已经成为一种文化遗传基因也不为过。

《牛飞》里的三老,当然是汪曾祺虚构出来的人物,他们三人对待梦的态度,其实也就是人做了梦,特别是奇怪的梦以后,下意识的心理反应过程:初而不信,继而嘀咕,最后是在现实中寻找对应信息。

因为有了强烈的心理暗示,指导着牛二挣对自家的牛,做出了违反常理的处置,结果牛卖了,钱也丢了——牛飞钱失。三老对此的态度,也仍然是人对事件与梦信息是否对称的三个心理变化过程:——不该信梦!——

梦都梦见了,这是命!——唉,无所谓,无所谓(不是达观,是自我安慰)。

可怜夜半虚前席,不问苍生问鬼神。唉,梦在文学中,幻美逸伦,妙不可言,但在现实世界里,实在是窥觎中国人精神世界的一枚小小的密码。

聊斋新义之《同梦》
——画说汪曾祺

这是一篇美的小说。语言美,意境美,形象美。

这是一篇空灵的小说。把月夜写得如梦境,梦境如同月夜的小说。使人读了,如同置身夜凉如水的月夜,又恍兮惚兮如在梦境之中。身心俱澄澈,表里共辉光。今夕何夕啊!

这是一篇使人愉悦的小说。不知为什么,有的小说家,总喜欢文不标点,页不分行,密密麻麻,挤挤挨挨,陡生一种沉闷感和压抑感,让人透不过气来。读这样的小说,不仅心理上累,视觉上也累。而这篇小说却大量使用短句子,有的短到一句一行,甚至一个字一行。叙事多跳跃,对话少啰嗦;文气疏朗,意境空灵。单在视觉上,就给

人一种月夜般的清雅享受。让人在阅读中生出一份舒徐和优游。

这是一篇有创造的小说。虽然是聊斋的改写,但汪曾祺注入了自己的东西,有感情,有哲学,有诗。意境更美了,韵味更足了。是二度创造。

这是一篇留白的小说。"泠泠七弦上,静听松风寒。古调虽自爱,今人多不弹。"余音袅袅,意味无穷。

聊斋新义之《明白官》
——画说汪曾祺

杀人偿命,欠债还钱。不仅天经地义,而且律有明文,合情,合理,合法。可到了"明白官"那里,这都不好使,他就是法。生杀予夺,全凭他一张嘴。这些官,有进士出身的县令,也有贡生出身的太爷,蒲松龄乃喟然叹曰:何途无才!

把杀人犯判给苦主当儿子、做丈夫,汪曾祺认为这种类似天方夜谭的荒唐事,是只有闇弱、昏庸、腐败的清政府治下才会发生的事吧。在这篇聊斋改写时(一九九一年),开篇就此地无银的声明:这是真人真事,不是狐鬼故事,没有任何想象、艺术加工。在小说中,不厌其烦地给几个主要人物补齐了乡籍、哪年的举人、哪年的进士、历

任官职等等，一副言之凿凿，煞有介事的样子，无非是为了凿实官员的昏聩和世情的荒唐罢了。

汪先生哪里会想到，才过了二十年，世事的荒唐竟然有过之而无不及——有人上网裸聊，有人博客开房，有人莫名三级跳，有人打小就吃皇粮——更有甚者，写性爱日记，收集女性阴毛，用管理学来"和谐"情妇团，巧立名目，中饱私囊，面对公众的诘责，一幅无赖流氓相——至于你信不信，反正我是信了！——相信他要是活到今天，对如此改写这篇小说，亦会爽然自失的吧。

无法无天的"文革"甫一结束，白猫黑猫论就倡行于世。自此，中国人做事愈来愈不择手段，也越来越不要脸。

栀子花开六瓣头
——读《受戒》

《受戒》的诞生,有两个意义。一是世俗生活的回归。一是抒情小说的回归。在此之前,当代小说中是基本感受不到世俗生活气息的,而现实生活亦是如此,世俗的自为空间几近于无,一大二公的日子过得也是清汤寡水,人活着,好像只是为了革命、生产、斗争。小说呢,也只有雄壮、悲壮、豪壮一途,路子越走越窄,眼看就进死胡同了。《受戒》的出世,抒情小说的传统得以赓续,在层楼重阁的壮阔之外,复多竹篱茅舍的幽秀之趣,当代小说重又焕活了生机。所以,阿城说,《受戒》是上世纪八十年代初期,唯一有着世俗之眼的小说。

当代抒情小说的起死回生,《受戒》功莫大焉。用现

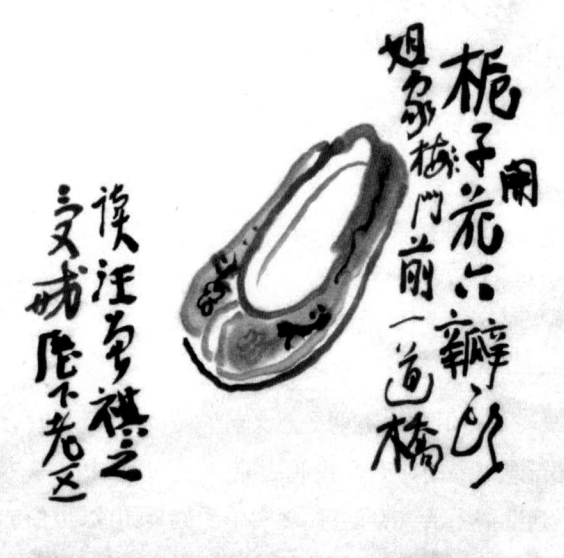

在的话说,它的现身文坛,是令人耳目一新的。可三十年前,实在的情形却是,这篇小说起初是被人目为"怪物"的——小和尚谈恋爱!——小说可以这样写?!怎么写?——和尚的生活与俗常人众一般无二——可以收租子,可以赊账,可以吃猪肉,可以娶老婆,可以打牌娱乐,可以不做早课晚课(只敲磬),可以随便穿着,好像唯一不同的,是他们住在庵里。——他们就是住在庵里的一群世俗人。

村里人与他们也确实是以邻相待,阴天可以去庵里和和尚打牌消遣,和尚进城办事也总是坐村里的小船,小和尚可以帮小英子干农活,也可以帮助大英子画鞋样子,赵大娘喜欢了可以拜小明子做干儿子。和尚自己很少清规戒律,村人也很少苛求。这是宗教的变通呢,还是世俗的胜利?我看是世俗对宗教的改造,宗教对世俗的适应。其中,世俗的力量更大一些吧。世俗的自为空间大,活力也就大。

刑不上大夫,礼不下庶人。本来,世俗的自为空间是很宽松的。只是让新旧理学搞得礼下庶人,违反了它的自然天性,禁忌越来越多,束缚越来越严,自为空间也越来越小。《受戒》得以诞生在改革开放之初,亦非偶然,当时社会渐趋开放,思想渐趋活跃,被禁锢了三十年的世俗生活——私有利益的合法化,私人生活的多样化——开始慢慢回复,有了真正的自为空间。人们觉得,生活又有了新的希望。

矫枉必过正,人的观念也不是一下子就改变得了的。这篇小说的发表颇多曲折,就很说明问题。有人问汪曾祺,为啥写这样一篇小说?汪曾祺负气地说,什么也不为,我自己写了自己玩儿!我就是要写一种健康的美的人性!这篇小说,在注入世俗生活气息的同时,也注入了诗。小和尚的聪明顽皮、多才多艺,小英子的泼辣直爽、伶俐能干,她们一家人的健康、勤劳、朴实,和尚与村人生活的恬静、和谐、温馨,通篇小说,浸透了俗世生活浓浓的诗意,充满欢欣,充满喜悦,也充满希望。让人觉得:生活,是多么美好啊。

黄油烙饼是甜的,眼泪是咸的
——读《黄油烙饼》

汪曾祺是最容易被人误解的作家。他的小说写得清,雅,淡,美,是当代抒情小说写得最好的一位。有人便以为他像陶渊明一样浑身静穆,仙风道骨——事实证明,陶渊明也并非如此——对此,他非常不满:"把我说得不食人间烟火似的。"有一次,在一个文学讲座上,汪先生接到下面递上来的一个纸条,请他谈谈什么是无主题小说。老爷子这回有些压不住啦:"我的小说不是无主题,我没有写过无主题小说。"

正如沈从文说的那样:"你们都欣赏我故事的清新,照例那作品背后蕴藏的热情却忽略了;你们能欣赏我文字的朴实,照例那作品背后隐伏的悲痛也忽略了。"他并

非恬淡闲适得没有了爱憎,只是不习惯"怒形于色"罢了。还是林斤澜先生看得准:心平气和。

这篇《黄油烙饼》,一仍其旧。由一个八岁的孩子,来对过去那段令人难以忘却的岁月,进行了无声的控诉。通过一个不谙世事的孩子的眼睛,来看取这一切,无疑更增加了悲剧的力量和鞭挞的力度——

这是要干啥呢?

爸爸说,要开三级干部会。

"啥叫三级干部会?"

"等你长大了就知道了!"

三级干部会就是三级干部吃饭。(不难想见,汪先生已是怒形于色!——笔者注)

……

回家,吃着红高粱饼子,他问爸爸:"他们为什么吃黄油烙饼?"

"他们开会。"

"开会干吗吃黄油烙饼?"

"他们是干部。"

"干部为啥吃黄油烙饼?"

"哎呀!你问得太多了!吃你的红高粱饼

子吧！"

　　正在咽着红饼子的萧胜的妈忽然站起来，用家中仅有的一点白面给萧胜烙了一张黄油烙饼，说："吃吧，儿子，别问了。"

　　萧胜吃了两口，真好吃。他忽然咧开嘴痛哭起来，高叫了一声："奶奶！"（奶奶已经饿死了——笔者注）

　　妈妈的眼睛里都是泪。

　　爸爸说："别哭了，吃吧。"

　　萧胜一边流着一串一串的眼泪，一边吃黄油烙饼。他的眼泪流进了嘴里。黄油烙饼是甜的，眼泪是咸的。

读到这里，我的眼泪也下来了。

他也是人生父母养的
——读《异秉》

他也是人生父母养的！这是学徒的陈相公挨打时,煮饭的老朱说的一句话。简直可与陶渊明的"彼亦人子也"相媲美,真是掷地有声,令人动容。这也是老朱在小说中唯一的一次出场亮相,一个动作,一句话,却给人留下了不可磨灭的印象,令人肃然起敬。他从来没有正经吃过一顿饭,总是把众人吃剩的残羹剩汁泡锅巴当饭。他的地位很低,可他的形象很高大。

我们来看看陈相公一天的工作吧:起得比谁都早。给"先生"们倒尿壶,涮尿壶。扫地。擦桌子。擦柜台。到处掸土。开门。晒药。收药。碾药。裁纸。刷印包装纸。搓纸枚子。擦灯罩。晚上十点多,众人都在闲聊取

乐,他依然边听边工作——摊膏药。睡前送尿壶,熄灯,背《汤头歌诀》。别人睡在厢房里,他睡在店堂里的地板上。睡前,坐在被窝里,他才算真正属于自己一会儿——想家,想老母亲,想家中门后贴了多年的一张麒麟送子的年画。——老朱为啥会去阻救挨暴打的陈相公,你总算明白了吧?

每天,陈相公还有片刻短暂的愉悦,那就是去屋顶晒药的时候。在晒药的间隙,他可以登高四望,烟树漠漠,帆影点点,蓝天、鸽子、风筝、巧云,在他眼前变幻游移,教他欢喜。每每读到这里,让人心酸欲泪——他还只是个孩子呀。

陈相公挨了打,当时没敢哭。到了晚上,上了门,一个人呜呜地哭了半天。他向他远在故乡的母亲说:"妈妈,我又挨打了!妈妈,不要紧的,再挨两年打,我就能养活您老人家了!"任是铁石心肠的人,听到这自言自语的伤心话,也一定会潸然下泪的。

就是这样一个在药店里地位最卑微,工作最辛苦的孩子,当听了王二的"异秉"后,第一个冲进厕所,你会觉得滑稽么?他迫切而又强烈的发财愿想,只是一个学徒不自量力的异想天开么?有人说,汪先生的嘴角含着浅浅的嘲讽。有么?我,只觉得心酸。

人生多苦辛。

他觉得看水很有味道
——读《看水》

小吕觉得看水很有味道。

我觉得《看水》很有味道。

这味道来自于它虽是一篇小说,但又不像一篇小说,好像一篇散文,简直没有什么情节。但又很新鲜、很吸引人。情节小说,是以故事的发展来推动小说,靠曲折的情节来吸引人。这篇小说,却以人物心理意识的流动来推动小说,靠人物情绪的一波三折吸引人。

它像一渠流水一样生动,时宽时窄,时曲时直,时疾时徐,一会儿水飞浪激,一会儿潆洄灌注,一会儿又汪汪如镜。小吕看水的一夜经历,心理情绪的变化,亦如渠中流水经历了紧张——轻松——疲劳——紧张——放松

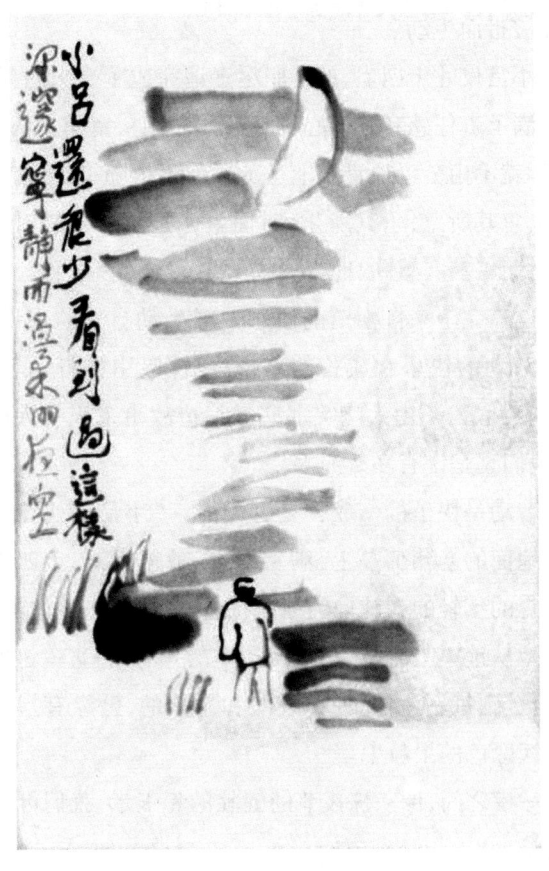

——兴奋——彻底放松,这一系列复杂的过程,真如流水一样波折而生动。

小吕仅才十四岁,却尽职尽责地完成了看水的任务,他充满了责任感和好奇心,而且不失童心、童趣。从一开始,你就不由分说地喜欢上了他。你不由随了小说,感其所感,急其所急,乐其所乐,时而紧张,时而放松,时而疲劳,时而兴奋。感同身受,休戚与共。

这篇完全来自生活的流水一样生动自然的小说,充满了劳动的快乐和成长的喜悦,深深吸引并打动着你。读着《看水》,不由人嘲笑那些靠编造故事来吸引人的小说,他们真是该有多么的笨。

劳动是快乐的。成长是喜悦的。"小吕头枕在一根暴出地面的老葡萄蔓上,满身绿影,睡得真沉,十四岁正在发育的年轻的胸脯均匀地起伏着。葡萄,正在恣酣地,用力地从地里吸着水,经过皮层下的导管,一直输送到梢顶,输送到每一片伸张的绿叶,和累累的、已经有指头顶大的淡绿色的果粒中。"

一夜之间,像一株拔节的健壮的青玉米,我们可爱的小吕长大了。

过年,怎么也得叫坝下人吃上一口肉
——读《七里茶坊》

天寒地冻百不咋,心里装着全天下。口气好大!说这话的人真是这样做的么?随便到一个市镇的供销社看看就知道,这谎扯得有多大——"货架上空空的,只有几包火柴,一堆柿饼。两只乌金釉的酒坛子擦得很亮,放在旁边的酒提子却是干的。柜台上放着一盆麦麸子做的大酱。"经济被他们搞成了什么样子,不是一目了然了么?

到七里茶坊公出干活的我们,吃的是什么呢?——"刚出屉的莜面,真香!用蒸莜面的水,洗洗脸,我们就蘸着麦麸子做的大酱吃起来。没有油,没有醋,尤其是没有辣椒!可是你得相信我说的是真话:我一辈子很少吃过这么好吃的东西。那是什么时候呀?——一九六〇年!"

这样的饭食,大概还是照顾出差性质的,平时恐怕还吃不上这么好。在农村里,饿死人的事已经很平常了。但就是这几位,当了解到同事小王要办婚事遇到了困难,还不是二话没说,每人一份给凑齐了钱?你能指望心里装着全天下的人?他们哪里会顾得上你!恐怕黄花菜都凉了。

吃着柿饼子,喝着蒸锅水,抽着掺了榆树叶子的烟,就在他们东拉西扯画饼充饥地穷侃美食的大雪夜里,却遇到了从坝上下来的到食品公司屠宰场送牛的农民,吃了夜饭,他们还要去来的路上,把掉进雪窟窿里的两头牛弄出来。他们说什么呢?——"过年,怎么也得叫坝下人吃上一口肉!"要指望心里装着全天下的人?牛毛也见不到一根!

越是口号喊得震天响的人,心里越是专打自己的小九九。越是一声不吭,埋头苦干的人,他们的心里才不会只装着他自己呢。这个世界,从来都是如此。

夜，正在深浓
——读《羊舍一夕》

四个孩子和一个夜晚。其实只写了三个孩子，留孩初来乍到，只是客串。

小吕。念书念到六年级，就自己要求来农场做活了。他见哥哥、妹妹和他三个人念书，而家中只有父亲一个人工作挣钱，就不念了，发愿要"两个人养活五个人"！啧啧。小吕爱这果园。他能准确地知道每一棵果树的位置。有时组长给一个新来的工人布置任务，一下子不容易说清楚那地方，就说：去！小吕，你带他去，告诉他！小吕有一件大红的球衣，干活时他喜欢把外面的衣服脱去，在果园里你经常可以看见通红的一团，轻快地、兴冲冲地弹跳出没于高高低低、深深浅浅的丛绿之中。

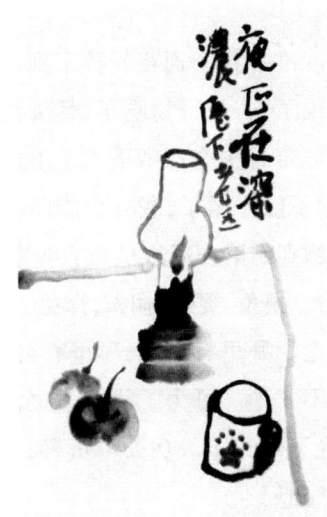

　　老九。粗矮的个子,方头大脸,黑眉毛,大眼睛,大嘴,大脚。穿一双尤其大的铁钉大鞋,一走一摇晃,还忒楞忒楞地响,身后是四百只白花花的,挨挨挤挤,颤颤悠悠的羊,无数的小蹄子踏在地上,走过去像下了一阵雨。——他是农场的羊倌。今晚,老九用四根油浸过的细皮条编一条一根葱的鞭子。他专心致志、聚精会神地编着鞭子,绕一下,把舌头用力向嘴唇外边舔一下,绕一下,舔一下。你已经要做工人去炼钢了,还编什么鞭子呢?

丁贵甲。"我准备找一通夜!找不到不回来。若是人拉走了,就不说了;若是野物吃了,骨头我也要找它回来,它总不能连皮带骨头全都咽下去。不过就是这么几座山,几片滩,它不能土遁了,我一个脚印一个脚印把你盖遍了,我看你跑到哪里去!"这马驹子本是个无事忙,什么事都有他一份。摸鱼,捉蛇,掏雀,撵兔子,只要一声吆唤,马上就跟你走。哪里有夜战,哪里有突击任务,不用招呼,也一样少不了他。可为了找羊,业余剧团排戏,他已经连续三个晚上没去了。功夫不负有心人。最后,也真让他找回来了。

汪先生自己说,这篇小说他是说了一点谎的。我想,大概是指小说回避了大跃进的残酷与荒唐,把这北方农场果园里的一夜太诗化了,像个世外桃源似的。这自是它的不足。但小说中这几个孩子的优秀品质,却是真实的。这是几块璞,如果在更坚利精微的砂轮上磨铣一回,就会放出更晶莹的光润。

夜愈黑,星愈亮。夜,正在深浓起来。

大淖出了这样一对年轻人
——读《大淖记事》

大淖出了这样一对年轻人,使他们觉得骄傲。

这是一对什么样的年轻人?是他们相貌出众,女的像朵花,男的像棵树?还是他们情投意合,郎才女貌的般配?都是,也都不是。人们骄傲的,是他们对爱情的勇气和忠诚。

他们俩竟然敢在那个"该死的"刘号长眼皮底下公然相好,巧云当然是主动的,而且是那样的义无反顾;在刘号长他们风一样、雨一样的棍棒下面,十一子是那样的坚决和顽强,是宁死也不向他们屈服和讨饶。你说,放着保安队有权有势的号长不去攀附,却去爱一个做锡匠的穷小子,是不是勇气和骨气?这不让人骄傲?你说,敢在太

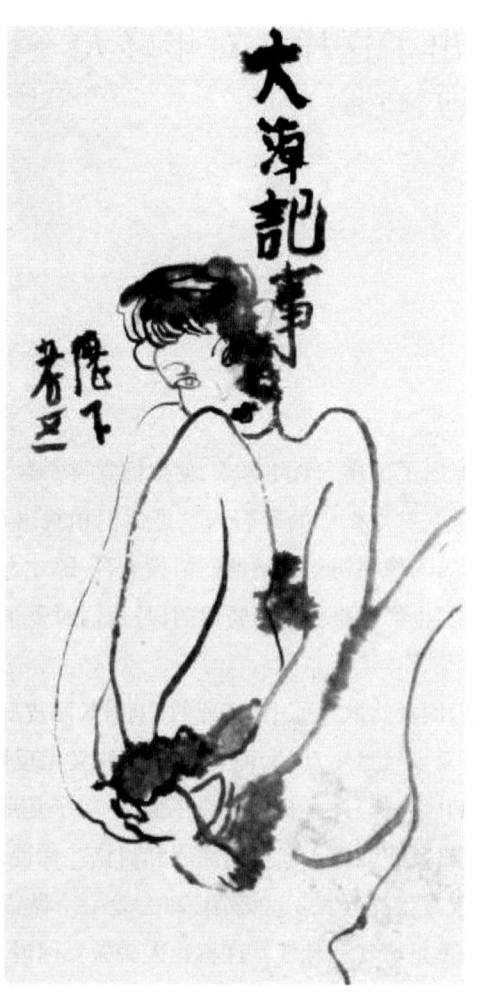

岁头上动土去爱"保安队的人",要不要个胆量?面对强势宁折不弯,这种追求爱情的勇敢和决绝,能不让人骄傲?

"挑夫、锡匠、姑娘、媳妇,川流不息地来看望十一子。他们把平时在辛苦而单调的生活中不常表现出来的热情和好心都拿出来了。他们觉得十一子和巧云做的事都很应该,很对。大淖出了这样一对年轻人,使他们觉得骄傲。"——八十年前的爱情观和是非感,真是让人感动、感慨。

堂堂正正的爱情没有错。所以,锡匠们要为十一子讨一个说法。他们上街游行。游行的方式也是奇特的,没有旗子,没有标语,就是二十来个锡匠挑着二十来副锡匠担子,在全城的大街上慢慢地走。——"这是个沉默的队伍,但是非常严肃。他们表现出不可侵犯的威严和不可动摇的决心。这个带有中世纪行帮色彩的游行队伍十分动人。"

最后,县长出来组织了一个会谈,来了结这一件事情。八十年前的旧政府,虽然不知道什么是"为人民服务",但他们也知道:民心不可慢,民心不可侮,民心不可失。

他们把猫放了
——读《虐猫》

王蒙说,一个社会的道德水平,反映了执政者的道德水平。信然。政风就是世风,世风反映了政风。

一个到处都在打倒、砸烂、抢占、抄家、批斗、游街的社会,也必然波及熏染到孩子的心灵世界。孩子们的游戏,就是现实世界的一种折射。——没人管他们了,他们就瞎玩。捞蛤蟆骨朵,粘知了。砸学校的窗户玻璃,用弹弓打老师的后脑勺。后来,他们玩猫。他们捉住一只猫,玩死了拉倒。

——"他们把猫的胡子剪了。猫就不停地打喷嚏。

"他们给猫尾巴上拴一挂鞭炮,点着了。猫就没命地乱跑。

石涛老人有此，应下老又

"他们想出了一种很新鲜的玩法:找了四个药瓶子的盖,用乳胶把猫爪子粘在瓶盖子里。猫一走,一滑;一走,一滑。猫难受,他们高兴极了。

"后来,他们想出了一种很简单的玩法:把猫从六楼的阳台上扔下来。猫在空中惨叫。他们拍手,大笑。猫摔到地下,死了。"

这让人想到,批斗、武斗、游街时候造反派的种种花样。小孩子按说是没有这么坏的,但他们会模仿。人,到底是性善,还是性恶,先不去管它了,但一个社会会引导人性的发展,是趋向于真、善、美,还是趋向于假、丑、恶,这一点是确凿无疑的。

汪曾祺说,这篇不到一千字的小说,他想了很长时间。最后选择了用孩子虐猫,来写"文革"对人性的戕害——以少少许,胜多多许——这要比直接描写残忍、丑恶要高明得多。

汪曾祺让孩子最后把猫放了,他说人类是有希望的。他是一个乐观主义者。

这三年啊
——读《岁寒三友》

三年里,开草帽厂的王瘦吾,被开陆陈行的王伯韬逼得倒闭关张了。四台机子和所有库存转给王伯韬后,全都换成了药渣子倒在了大门口外。气得大病一场。瘦吾越发的瘦了,风来就倒。开炮仗店的陶虎臣,先是县里防止匪患,冬天禁燃鞭炮。开春后,蒋介石又搞他娘的什么"新生活",直接把鞭炮彻底取消了。一家人断了炊,靠女儿卖身的几个钱活命。这三年啊。

先是王瘦吾和陶虎臣给靳彝甫凑足了川资,外出斗蛐蛐挣了一笔,生活才有了转机。后来,靳彝甫为了画画,云游四方,做他的"两万"去了——读万卷书,行万里路。一走就是三年。过年了,靳彝甫回来了。每位朋友

塞给五块大洋：——"瘦吾，你先等我一天！"——"虎臣，你先等我一天！"回家，就把自己视若性命的三块田黄石章卖了，二百大洋一位朋友一百，让他们一家老小暂度难关。

一提起"岁寒三友"，人们通常会想起松、竹、梅，它们迎风斗雪，愈挫愈勇愈精神的风姿，的是令人钦敬。可这三位打小一起长大的发小，却是普通平常的百姓，但他们是这个社会的主流。他们不是满汉全席上的海参、燕窝、鱼翅，他们是一日三餐不可或缺的萝卜、白菜和土豆。——它们，才是寻常百姓日常生活的主角。他们的勤劳本分，他们的相濡以沫、患难与共的品格与精神，在人情浇薄、世态炎凉中却愈发显得那样的可贵、可敬，愈发放射出熠熠人性的光辉。这是人类生活的希望。

白菜、萝卜、土豆，说它们是"岁寒三友"，不亦宜乎?！

没有的事不能瞎说
——读《詹大胖子》

这简直就是一篇流水帐。詹大胖子是一个斋夫,也就是现在的校工。詹大胖子的工作,同现在学校的校工也没多大差别,无非是打钟,剪冬青树,浇花,扫院子,烧开水,帮老师印卷子,到学生家送成绩单,卖花生糖、芝麻糖。现在,县城小学的学校已经不打钟了,都装了电铃,卷子也不油印了,都到印刷厂印,成绩单学生自带家长签字,私下卖糖改公开开小卖部。

詹大胖子很坏。他偷卖花生糖、芝麻糖,并且比学校外面摊子上贵很多。校长张蕴之斥为不道德。——就是这个斥责詹大胖子不道德的人,自己却做了更加缺德的事情,欺污女教员。——人都有私心,这是小恶。

詹大胖子很生气。校长张蕴之常常在夜里,偷偷到教员王文蕙屋里去。他一个人在屋里悄悄地骂:张蕴之你不是个东西!你有老婆,有孩子,你干这种缺德事!人家还是个姑娘,你叫她以后怎么嫁人!可谢大少爷(又一个坏人!)想要借这件事,把校长轰走,向他寻求"把柄"时,他却义正辞严地矢口否认:"没有!没有的事!没有的事不能瞎说!"他不是为了维护校长,他是维护王文蕙。这是大善。老五说他具佛性,诚然。

流水账,娓娓道来,却不使人觉得流水帐的平淡无味,而在不自觉中,还是把詹大胖子记住了。这就是汪氏小说的高人之处。但自始至终,有一丝淡淡的怅惘萦绕在小说中。小说结尾说:"后来,张蕴之死了,王文蕙也死了(她一直没有嫁人)。詹大胖子也死了。这城里很多人都死了。"这时,你才恍然大悟,小说为什么用了这么个流水帐的形式。

她最爱吃的是熟藕
——读《熟藕》

这篇小说,在汪曾祺小说中算不上最有名的,但我却很喜欢它。初读时,也没觉得它有多好,无非是写一个叫刘小红的爱吃零嘴的女孩子,喜欢吃熟藕的故事。谁没有属于自己的美好的童年记忆呢?仅仅唤起我一丝淡淡的惆怅而已。

第二次再读。当读到刘小红出嫁后,每次回娘家都要帮卖熟藕的王老拆洗被褥、衣服,一老一少,有一段对话,让我怦然心动。原来小说写的是一个老人和一个女孩子之间的感情,忘年交。这忘年交情到底有多深?请看他们的对话:

王老轻声问小红:"有了没有?"

小红红着脸说"有了。"

"一定会是个白胖小子!"

"托您的福!"

这固然可以看出老少之间的亲昵,感情深厚。问题是,一个老头,能这样问一个刚结婚的小媳妇吗?不要说老头,就是老太太也不兴这么唐突呀!这合乎情理吗?会不会是汪氏故作惊人之笔?

第三次又读,终于明白。汪氏下笔是多么的准确,生动,传神,没有一丝一毫的妄拟和"拔高",而且深入世理,合乎人情。不要小看这四句简短的一对一答,它是全篇的点睛之笔,神来之笔。多少真情,都浓缩其中,无穷意味,皆蕴含其间。

小说的写法真是别致。用"刘小红长得很好看,大眼睛,很聪明,一街的人都喜欢她"一句起头,却不接下去写刘小红,而是宕开一笔"这里已经是东街的街尾,店铺和人家都少了。"然后,饶有兴致地一家一家介绍起各家店铺,酱园、果子摊、杨家香店、周家南货店,然后才是刘小红家的绒线店,方接上"刘老板夫妇就这么一个女儿,娇惯得不行,要什么给什么,给她的零花钱也很宽松。刘小红从小爱吃零嘴,这条街上的零食她都吃遍了。但是她最爱吃的是熟藕。"小说到这,篇幅差不多已经过半。最后才写到卖熟藕的王老,一个无儿无女的孤老,只身住在土地祠,煮藕的锅灶就安在刘家绒线店门外右侧。

以从容舒徐的淡墨摹写风土人情,乃是汪氏小说的一大特色。为小说中的人物出场,做好环境的渲染,气氛的烘托。是一种别致的铺垫。在这中间,还以调侃的笔调写了周家南货店的老板——一个不近人情的守财奴,毫无趣味的吝啬鬼——除了生意上的客人,从不跟人来往；有客来，不敬烟，不上茶，白开水一杯，外号"白水窦章"。平常不看戏，不听说书，不打牌；闲了就在门口呆看，看行人，看牛狗骡马。这就是小说上所谓的闲笔。闲笔不闲。

而一个卖熟藕的老人能挣多少钱呢，当小红生病的时候，王老却买来蜜枣、金橘饼、山楂糕给她吃！这是其一。其二，"小红很爱吃王老的熟藕，几乎每天上学，都要买一节，一边走，一边吃"。这熟藕，一吃几乎就是二十年呀。二十年，是什么概念？它是一个少女美好甜蜜的童年和少年；是一个老人孤苦温馨的晚年啊。有谁能够感受到，那超越了血缘而形成的亲情有多么浓厚吗？

王老不应该那样问，小红不应该那样回答吗？应该。人间一切真的、善的、美好的感情，都应是发自内心的，如风行水上，是那样的自然，没有一丝一毫的虚假和做作。小说最后说："王老死了，全城再没有第二个卖熟藕。但是煮熟藕的香味是永远存在的。"是的，人间美好的情感是永远不会消失的。

汪曾祺十分推崇归有光，认为他以清淡的文笔写平常的人物，亲切而凄婉。并夫子自道：我现在的小说里，还时时回响着归有光的余韵。这篇小说可称一个典型的注脚。

东——嗡……嗡……嗡……
——读《幽冥钟》

汪曾祺说,这篇小说,只是写了一点感情。我却认为,这是一篇写声音的小说。它写了钟声。在此之前,我还没有读到过,把声音摹绘得如此精彩的小说,使人读了如声在耳,余音袅袅。声音在这里,不仅有分贝,而且有形状,有色彩:

钟声是柔和的、悠远的。

"东——嗡……嗡……嗡……"

钟声的振幅是圆的。"东——嗡……嗡……嗡……",一圈一圈地扩散。就像投石于水,水的圆纹一圈一圈地扩散。

"东——嗡……嗡……嗡……"

钟声撞出一个圆环,一个淡金色的光圈。地狱里受难的女鬼看见光了。她们的脸上出现了欢喜。"嗡……嗡……嗡……"金色的光环暗了,暗了,暗了……又一声,"东——嗡……嗡……嗡……"又一个金色的光环。光环扩散着,一圈,又一圈……

夜半,子时,幽冥钟的钟声飞出承天寺。

"东——嗡……嗡……嗡……"

幽冥钟的钟声扩散到了千家万户。

汪先生曾说,《詹大胖子》是有人物无故事,而《幽冥钟》则是连人物都没有。但这两篇小说,却使人读来兴味盎然,这是为什么呢?因为——小说是回忆。——小说是谈生活,不是编故事;小说要真诚,不能耍花招。——这就是汪氏的小说观。

你以为这几杯酒喝到肚里容易呀
——读《李三》

王安忆说,汪曾祺的小说叙述往往是诱敌深入。说得真是太对。他总是不动声色,若不经意,简简单单,散散淡淡,甚至是琐琐碎碎,汤汤水水地叙说着,不疾不徐,一路迤逦而来,读者却在不经意间才发现:原来是这里。

与将简单的道理表达得千折百回,把完整的事件肢解得支离破碎的风气迥然有异的是化繁为简,以简驭繁,他总将复杂的事物写得明白如话,平易近人。坚决不竖屏障,决不为难读者,只是开路——逢山开道,遇水架桥——他先把困难自己解决了,再去为难别人。冲淡为衣,奇崛为神。

他不动声色地平淡地叙述着李三日复一日的工作,

其实是生计,却带出一桩偶然的特殊事件。——李三是地保,也是更夫。李三同时也是庙祝。地保所管的事,主要就是死人和失火。地保的另一项职务是管叫花子。地保当然也管缉盗。打更(巡夜)是为了防盗。——没有死人,没有失火,没人还愿,没人家挨偷,李三这几天的日子过得委实有些清淡,他拿着锣、梆很无聊地敲着——李三打更。左手拿着竹梆,吊着锣,右手拿着锣槌,腰里别着一盏白纸灯笼,饶是如此,他仍然顺便将一根船篙夹在胳肢窝里回身便走。他还是不紧不慢地敲着:"笃,笃,笃;铛,铛——铛!"

李三这副左支右绌的尴尬相,不就是他日常生活行状的写照么。更尴尬的是,尽管他做得那样老到,最后还是偷鸡不成反蚀一把米,有史以来第一次挨了罚:"你认打认罚?""认罚,认罚,罚多少?""罚钱二百!"哼,你以为这几杯酒喝到肚里容易呀。

四进士
——汪曾祺说戏

《宋士杰》这出戏,宋士杰这个人,汪先生是喜欢的。他曾为此写有专文:《笔下处处有人——谈〈四进士〉》、《宋士杰——一个独特的典型》,都很长。有人认为,这其实是一篇文章。后者,不过是前者的精简版而已。是这样么?

"宋士杰是好人,可是他很坏。宋士杰很坏,可是是一个好人。"这,岂不矛盾?不,不矛盾。宋士杰办事傲上,爱管闲事,喜欢打抱不平。这不算是好人么?他刁钻促狭、心狠手辣,这够得上是好人么!别忘了,他是一名讼师,老于吏道、熟谙官场,世事洞明、人情练达才是本色、当行。看似复杂的矛盾的性格,集中在一名出色的职

业讼师身上,又是统一的,和谐的。

宋士杰最出彩的戏,是一公堂和二公堂的智斗顾读。"你本河南上蔡县,你是南京水西门。我三人从来不相认,宋士杰与你们是哪门子亲?"——是呀!可他为了择清自己的包揽词讼的罪名,竟然说杨素贞是他打小结拜的干闺女!明明是一件没影子的事,他却把它说得有鼻子有眼,活灵活现,滴水不漏,无懈可击。——"常言道是亲者不能不顾;不是亲者不能相顾。她是我的干女儿,我是她的干父;干女儿不住在干父家中,难道说,叫她去住在庵堂——寺院?!"加之,周信芳老先生精彩的表演更加出神入化,宋士杰的话可谓义正词严,掷地可作金石声,让人击节喝彩。

二公堂上,宋士杰替杨素贞鸣冤叫屈。——

宋士杰,你为何堂口喊冤?

大人办事不公!

本道哪些儿不公?

原告收监,被告讨保,哪些儿公道?

杨素贞告的是谎状。

怎见得是谎状?

她私通奸夫,谋害亲夫,岂不是谎状?

奸夫是谁?

杨春。

哪里人士?

南京水西门。

杨素贞?

河南上蔡县。

千里路程,怎样通奸?

呃!他是先奸后娶!

既然如此,她不去逃命,到你这里送死来了!

你看他,他得理不让,步步进逼,语快如刀,不容喘息,一鞭一条痕,一掴一掌血,一直到把对方打翻在地,再也起不来,真是老辣之至。

手头上有一本山东画报出版社的《汪曾祺说戏》,在不同文章中反复提到宋士杰的不下五次。按说,汪先生是反对小说人物的典型化的,为什么却对宋士杰这个典型如此的情有独钟,津津乐道? 因为小说和戏剧不一样。小说是写给人读的,可以无情节,戏是演给人看的,不能没有剧烈的矛盾冲突,不能不人物性格鲜明。再说,他自己也是写戏的呀。他其实是喜欢写宋士杰的这个无名剧作家。

喜欢谁,就是找到了另外一个自己。

玉堂春
——汪曾祺说戏

汪曾祺说戏,传统曲目中反复提起的,除去宋士杰,就是苏三了。为什么呢?从"苏三离了洪洞县",凡有井水处都有人会唱(至少听过),汪先生认识到一出京戏之所以会久远流传,是它与人民群众有着强烈的共鸣,说出了人们心里想说的话。一出戏,是作者与观众共同创造了它。

玉堂春落难逢夫,本是小说家言,纯属子虚乌有。然而,通过这一出优美动人的京戏,竟然使它固化为事实,直接的体现就是洪洞县人附会出了苏三监狱等遗迹,言之凿凿,深信不疑。汪先生初而一笑置之,遂又陷入深思——"老百姓相信许多虚构的戏曲人物是真有的,他们

附会出许多人物古迹,并且相信。"这反映了人民的一种情感的认同,是一种爱憎,一种民族心理的积淀,关乎世道人心。

苏三的故事可能是假的,但洪洞县的苏三监狱却是货真价实的一座明代女子监狱。里边有一口苏三井,井口很小,井栏却颇高,井沿里边有一道道很深的绳道,起人沧桑的幽思,让人感动。汪先生说,想到苏三每天从这里汲水洗衣、梳头的形象,很美,联想起她不平的遭遇,更是让人同情。

《玉堂春》是一出非常别致的戏,完全是一篇出色的现代短篇小说的样子。竟然只是通过起解途中两人的交谈,就把故事的前因后果交代得一清二楚,闲闲道来,委曲有致。这比冯梦龙的小说简洁干净多了。写戏的汪先生对这出戏的编剧,倾慕有加,三致意焉——公堂一折,其实是把起解的情节又重复了一遍,等于"倒粪",二者,没有动作,一个人没完没了地唱,这都是京剧的大忌,但这位编剧却甘冒不韪,知难而进,险里弄常,出奇制胜。

汪先生敏锐地指出,苏三这出戏具有很重要的认识作用,可以通过一个妓女坎坷曲折的遭际,认识到明代社会的一个侧面,了解商品经济兴起时的市民意识,看到我们民族的一个病灶。市民意识?道德的、爱情的,还是妇女观念?病灶?贪墨枉法,红颜祸水,女人是玩偶,或者什么?我想了很久,也没完全想通。文章就是这样,不能一揭到底,要旁敲侧击,才能曲尽其妙。来,你也和我一起想想吧。实在不愿想,多听几遍戏也行。

打渔杀家
——汪曾祺说戏

《打渔·杀家》是一出比较温的戏,但它有三点让汪曾祺称赏不已。

一是,萧恩和桂英离家时的对话:

爹爹请转。

儿呀何事?

这门还未曾上锁呢。

这门嘛,关也罢,不关也罢!

里面还有许多动用家具呢。

傻孩子呀,这门都不要了,要家具作甚哪!

不要了? 噫喂~

不省事的冤家呀……

由桂英的娇痴、不懂事,更加衬托出失势的英雄萧恩毁家报仇的满腔悲愤。一些经验丰富的老演员演到这里,一声"不省事的冤家呀"是要催下人的眼泪来的。真实感人的细节,不仅成就人物,也成就戏。而许多现代戏,只是忙于交待情节,塑造空空洞洞的高大形象,却缺少结结实实的生活细节,只是让觉得假,很难打动人。

二是,萧恩过江时的[哭头]"桂英儿呀"。它不同于一般[哭头]的翻高,走了一个低腔。动人处不在声高,它非常生动地表现了人物的悲怆心情。这是谭鑫培的创造。汪先生说,谭鑫培不愧是谭鑫培。这才是"创腔"。

三是,时空处理极其自由。萧恩在县衙大堂挨打,与桂英在家等他同时表现,桂英的每句唱之后,是后台的"一十、二十、三十、四十,赶了出去!"当然,这种全视角的表现手法,别的戏里也有,但因为汪先生太喜爱《打渔·杀家》,就顺手援以为例了。

武家坡
——汪曾祺说戏

汪先生看京剧,多以小说家眼光。《武家坡》这出戏,有两处他认为是非常出色的。

一是寒窑相会:

(王)开开窑门重相见,

我丈夫哪有五绺髯?

(薛)少年子弟江湖老,

红粉佳人两鬓斑。

三姐不信菱花照,

不似当年彩楼前。

(王)寒窑哪有菱花镜?

(薛)水盆里面——

(王)水盆里面照容颜。

(白)老了！

　　老了老了真老了，

　　十八年老了我王宝钏！

"十八年老了我王宝钏"，一句平常的话中饱含了多少辛酸，真是令人千古一哭。这个细节的精彩在于——水盆里面照容颜。水盆照影，愈发烘托出王宝钏的满腹辛酸。寒窑中连一面镜子都无有，十八年的苦况可想而知；而征人远赴未归，她也没有心思照一照镜子，她不需要镜子。这，是戏曲中的细节，或曰闲文，然而，传神写照，正在阿堵。汪曾祺由衷赞叹："善写闲文，斯为作手。"

另一处为汪先生赞赏的，是下面这段唱词：

　　这大嫂传话太迟慢，

　　武家坡站得我两腿酸。

　　下得坡来用目看，

　　见一位大嫂把菜剜。

　　前影儿看也看不见，

　　后影儿好像妻宝钏。

　　本当上前将妻认，

　　错认了民女理不端。

这段唱词很连贯,但又层次分明,是五个层次层层递进。写唱词最忌意思不连贯,缺少层次。戏中人物在那唱了半天,是一个意思,原地踏步走,叠床架屋,情绪没往前走,语言缺少动势。这当然是有感而发,针对"样板戏"瞎抒情的毛病说的。

为了写这段文字,我一晚上看了三出《武家坡》,过瘾。这是一出经由民间传说编写的戏,王宝钏彩楼抛球招婿,苦守寒窑十八年,是一个近乎空前绝后爱情的传奇。这戏前边很好,演着演着,结尾演砸了,遂堕恶趣,成了一个大败笔。王宝钏当年断绝父女情分,执意嫁给穷小子薛平贵,难道看上的他是什么达官显贵么?夫妻寒窑团聚,却让她上来开口便问丈夫做了什么官,之后又跪在地下讨封。编剧的本意是想告诉人们:好人好报。老百姓大团圆的期待,也得到了满足。但,这还是王宝钏么?真是得不偿失。唉,可惜。

四郎探母
——汪曾祺说戏

京剧唱词很难做到情景交融，大多是直陈其事的赋体，偶尔有一点比兴。像"去年的竹林长新笋，没娘的孩子渐成人"已经很难得。而《四郎探母》中的"胡地衣冠懒穿戴，每日里花开儿的心不开"，简直是了不得的神来之笔，超妙高卓。都说京剧是"没文化的文化"，也不尽然。

《四郎探母》的唱腔堪称一时独步。那么大一出戏，"西皮"到底。然而，就好像是菊花，粉白黛绿，各不相重。即以"见娘"来说，"老娘亲请上受儿拜"，这一句唱腔是任何一出戏里所没有的：[哭头]之后，接一个荡气回肠的[回龙]，在老娘亲的高腔后，"请上"走了一个很低的腔，犹如一倾瀑布从九天上跌落

而下,真是哀婉情深。

即便一位不喜欢京戏的人,读了汪先生这段精彩的描述,也会被打动,感觉到这一句创格唱腔的哀婉动人,美不胜收。我就是读了这段戏评,才去花了两个半小时完整地看了这出戏。良非虚语。然而,感觉和"汪评"稍有不同,细述如下:

> [哭头]之后,接一个荡气回肠的[回龙],在老娘亲的高腔后,"请上""受儿"分别走了两个很低的腔,俨然感情的洪水,在慢慢地一点一点地积聚、积

聚,抬升、抬升,至最后的"拜",终于漫过悬崖,犹如一倾瀑布从九天上跌落而下,真是哀婉情深。

可能描述得不尽准确,愿质诸高明,一起讨论。动人不在高声,有兴趣的朋友,何妨一听?

君臣、父子、兄弟、夫妻、朋友,五伦之中,好像夫妻关系还不是地位最低。其实,不然。大概是枭雄刘备讲过一句震铄古今的话:兄弟如手足,妻子如衣服。也难怪关羽、张飞等人会为他那么卖命。很难想像过五关斩六将,挂冠封印千里奔赴,关羽会为一个女人如此义薄云天。古往今来的英雄们,为了所谓的忠孝节义,关键时刻都要牺牲夫妻关系,来保全五伦中的任何一伦。好像已经是天经地义。而到了杨四郎这里,却反其道而行之,在情义的天平上,夫妻是最重的砝码,五伦中的任何一伦,都不能与之相衡。忠君孝亲的大节大义、母亲的召唤、兄弟的情谊、发妻的挽留,都无法与将有刀镬之灾的异族妻、子相比,他毅然决然"回令"返回番邦。《四郎探母》这出戏,新就新在这里。它塑造了一个有血有肉,情意深重,信意深重,旷世无匹奇男儿的新形象。尽管,他称不上是一位英雄。

回令后边的戏,近乎闹剧,冲淡了前边正剧的哀婉悲怆气氛,是蛇足。

二进宫
——汪曾祺说戏

京剧,作为一种"没文化的文化",突出表现在唱词上,就是语言粗糙,很多词句不通,甚至不知所云。《二进宫》就是这样一出"代表作"。这还是一出找不到历史根据的戏。其实,这话并不完全正确。一出戏,难道一定要有历史根据的么?看来,睿智如汪曾祺先生,有时也不免说片面话。

但是这出戏久演不衰,很多人爱听,包括文化程度很高的人。"待要听,二进宫"嘛!为什么呢?就因为这出戏有很多唱,唱腔好听,听起来过瘾。这出戏没有多少情节,也没有大的戏剧动作,念白也很少,从头到尾就是唱。这出戏,曾被一些国外专家目为中国的"歌剧",有由然矣。

回头再说唱词。定国公对着皇陵感叹一番,最后竟然唱道:今日里为国家一命罢休。这位元老重臣,此时并不面临生与死的问题啊,怎么会出来这么一句呢?李艳妃唱的"李艳妃设早朝龙书案下",曾有小学生写信给张君秋,叔叔您唱的李艳妃怎么跑到书桌底下设早朝呀?徐小姐接过小太子转付徐延昭,却唱了一句"双手付与老年高",老年高?岂有此理。你能说这全是文盲的胡写瞎编?京剧是先安腔,后找辙,这些奇怪的不通之极的唱词,全是让"辙"给赶出来的胡说八道。"今日里为国家一命罢休",就是为了赶"由求"辙,生凑出来的这么一句。譬如《花田错》里的"桃花怎比杏花黄",桃花、杏花都不发黄,简直莫名其妙。你一想到这句是"江阳"辙,就什么也想通了。咳,削脚为的是穿鞋呀。

可是,既然京剧是如此的没文化,为什么存在了二百多年,涌现了那么多才华横溢的流派大师,拥有那么多观众、戏迷、票友,直到今天仍具有生命力,还是有人痴迷喜欢呢?因为京剧有一套自己的完整的程式,唱、念、做、打、手、眼、身、法、步。这些程式可以自由组合,变化无穷,美看之至,美听之极。

汪曾祺曾对诸如"四面楚歌是姑息的剑"之流的流行

歌词,大为不解,深不以为然——这都是些什么人写的呢,为什么要写得这样奇怪的不通? 四面楚歌、姑息、剑,它们有什么关系呢,怎么能组成一个句子?! 周杰伦那首脍炙人口的《菊花台》的歌词,究其实就是一堆华美、空洞、凌乱意象的堆砌,还不是一样有人为之如痴如醉? 它的旋律也真是凄婉动人,真是没办法。然而,流行歌曲也不乏如《东风破》中的"水向东流,时间怎么偷,花开一次就成熟"这样的妙不可言的诗。怎么会出现这种现象呢,聪明的喜欢听流行歌曲的年轻朋友们,你能告诉我这是为什么吗,亲!

裘盛戎
——汪曾祺说戏

剧本,剧本,一剧之本。可京剧却把剧本当成为演员提供表演意象的一个框架而已。汪曾祺不无伤心地说,京剧的表演,对于剧本真是太负心了!然而,裘盛戎不也。他虽文化程度不高,但领悟能力特别强,凡剧本中所能写的他都能理解得到,表现得出,而且表现得很充分,很突出。

现代戏《杜鹃山》里有两句唱:他遍体伤痕都是豪绅罪证,我怎能在他的旧伤痕上再加新伤痕。是流水板,原来设计的唱腔是"数"过关的。汪曾祺说,这可不成,你得真看到伤痕,而且要想一想。裘盛戎立刻理解,他把"旧伤痕上"唱"散"了,放慢了速度,加一个弹拨乐的小垫头

"登登登……",然后回到原节奏,"再加新伤痕"一泻无余,感情特别强烈。设计唱腔的同志齐声叫"好!"

这出戏里另外两句唱:一块番薯掰两半,曾受深恩三十年。创腔的同志对头一句不大理解,怕观众听不懂,裘盛戎却说,这有什么不好理解的?一块番薯掰两半,有他吃的就有我吃的!他把这两句唱得非常感人,头一句他在"虚"着一点唱,在想像,带着遥远的回忆,表现对乡亲的思念既深且远,"深恩"用极其深沉浑厚的胸音唱出,倾出难忘深情,"三十年"飞泻而下,跌宕不已。汪曾祺感慨地说:盛戎的这两句唱到现在还是绕梁三日,使我一想起来就激动。

裘盛戎去世后,汪曾祺低徊感悼,援笔为文,至再至三,充满深情。难道只是因为他们曾经共事,曾经合作过么?否,否也。他是把裘盛戎视为创作的知音,艺术上的知己,是表演与剧本联袂创造过程中千载难得一遇的楷范和极致。是故,他不惮其烦,申而表之,三复其言,三致意焉。一重一掩吾肺腑,山花山鸟吾友于。汪曾祺对裘盛戎的表演艺术倾慕有加,抱有深深的知己之感。

汪曾祺说,是裘盛戎把花脸艺术推向了一个新的阶段。以前的花脸大都以气大声宏、粗犷霸悍取胜,而花脸演唱讲究韵味则自裘盛戎始。他非常注意宏细、收放、虚实,开始演唱得很讲究,很细致,很有韵味,很美。这一点,与汪曾祺的小说极其相似,他在当代也是把小说写作带入了一个新天地,小说而讲究文章之美,很抒情,很诗意,很有韵味,很美。

让汪曾祺倍加推崇的是,裘盛戎在表演中演的是人物,不是行当。此裘盛戎超出于侪辈,以致造成"无净不裘"的秘密所在。譬如《姚期》:"马杜岑奉王命把草桥来镇,调老夫回朝转侍奉当今。"由于裘盛戎能从总体上把握人物,把握主题,不是就字面枝枝节节地处理唱腔、唱法,具有很大的暗示性,把本来没有多少感情色彩的两句,唱得让人觉得姚期有点隐隐约约的不安,有一种暗自沉吟的意味。"马王爷赐某的饯行酒"四句流水唱得极其流畅,显得姚期归心似箭,行色匆匆。这也与汪曾祺的小说美学暗合,他的小说写的是人物,是生活,和对生活的理解,不是编故事,造情节,图解政治。他觉得太像小说的小说,都有些假,生活本身就是平平常常,普普通通的样子。

文无定法。汪曾祺的小说像散文,从容散淡,善写闲文;散文里又时有小说之笔,感觉处处有人。他就是要有意打破散文与小说的樊篱,且注入诗。一个短篇小说,就是一种生活的样式。这是汪曾祺的名言。裘盛戎的表演,同样能够扬长避短,不拘成法。他的腿不太好,踢得不高,他就把《盗御马》的踢腿改成了大跨步,很美,台下一片掌声。他"四记头"亮相,髯口甩在哪边,没准谱,但甭管甩在哪边,都挺好看。《除三害》的周处,把开氅一甩,往肩上一搭,迤里歪斜就下场了,完全是一个天桥杂巴地!这个身段设计是从生活中来,周处本来就是个痞子。

汪曾祺与裘盛戎,又同病相怜。他们都是以"控制使用"的身份参与了京剧"样板戏"的创作,长期的心情郁闷,精神压抑,终于使裘盛戎患上了不治之症,终年才仅五十六岁。病笃的时候,汪曾祺去医院看他,见到汪曾祺,想到他们的合作计划已不能实现,裘盛戎随即流下来一大滴眼泪。一个艺术家离开了他视为生命的艺术,是会死的。与小说睽违了三十年之久的汪曾祺,也只有汪曾祺,最能理解裘盛戎赍志以殁,抱恨终天的悲痛;也只有汪曾祺明白,那一大滴眼泪里包含的辛酸和悲苦是多么的沉痛。

千古文章未尽才,悲夫。

马连良 谭富英
——汪曾祺说戏

马连良

一提起马连良,就会让人想到一个词:潇洒。

天赋良材,马连良的身体条件好,面形端正,眉目清朗,体格匀称,眼睛不大,而善于表情。关键是他脚好,长得很顺溜,往台上一站,就显得特别精神。加之台步好,脚底下干净、清楚,一出台亮相,就给人一个清爽的印象。

马连良的潇洒,与表演中的极度松弛有关。他随时既在戏里,又在戏外。《秦香莲》里秦香莲唱了一大段"琵琶词",他扮演的王延龄坐在上面听,没他什么事,本来很难受,也很容易呆板,可他一会儿捋捋髯口,一会儿

瞟瞟陈世美,似乎随时都在戏里,其实他在给张君秋(秦香莲)拍着板呢。马连良有个毛病,爱在台上同演员小声聊天。有一次和李多奎聊起来:二哥,今儿个中午吃的什么? 包饺子? 什么馅的? 害得李多奎到该张嘴时忘了词。《空城计》表现诸葛亮履险退敌,但是只有在司马懿退兵之后,诸葛亮下了城楼,抹了一把汗,说道:好险呐! 观众才回想起诸葛亮刚才表面上很镇静,唱演得很潇洒,但是内心很紧张。

马连良并非只注重形式,不演人物,他也很注意人物性格基调。他说:先得弄准了他的人性,是绵软随和,还是干梗倔硬。王延龄和老薛保走的都是老步,但王延龄位高望重,生活优裕,老而不衰;老薛保穷忙一生,双腿僵硬了。他几乎是一个人物一个步法。马连良的表演,还具有很强的预示,想对观众传达一个重点内容时,让他们有预感,有准备。用他自己的话说,是"先打闪,后打雷"。虽然马连良的演唱雅俗共赏,很潇洒,但他主张戏里不要多唱。他说:不该唱而唱,比该唱而不唱,还要叫人难受。这真是至理名言。

谭富英

听谭富英听一个"痛快"。

谭富英年轻时嗓音"没挡",而且底气足,不漂。一出《定军山》,"敌营打罢得胜的鼓哇呃",一口气,高亮脆爽,游刃有余,不但剧场里炸了窝,连剧场外拉洋车的也一齐叫好——他的声音一直传到场外。谭富英什么也快,平时走路快,台上动作也快,唱起来也快。他尤其擅长唱快板。《战太平》"长街"一场的快板,《斩马谡》"见王平"的快板都似脱线珍珠一样溅跳而出。快,而字字清晰劲健,无一字是"嚼"了的。《朱砂痣》赞银子一段,"好宝贝!"一句短白,碰板起唱,张嘴就来,真脆!

生活中谭富英很逗,有意见不说,却用行动表示。他嫌父亲给他的零花钱少了,走到父亲跟前,摔了个硬抢背。意思是说:你给我的钱少,我就摔你的儿子!有一回外出演戏,第二天是他的重头戏,头天夜里别的演员聚在一起喝酒,喊叫喧哗,闹到半夜,吵得他睡不着。他站到当院唱了一句倒板:"听谯楼打九更……""打九更?"大伙一愣,哦,都这时候了,该睡觉了。是不是有点冷幽默的味道呀。

  谭富英为人恬淡豁达,名利看得很淡,演戏不争头牌二牌。平时也没什么架子,极可亲近。他有心脏病,重病住院,用的药很贵重。到他病危时,拒绝再用,他说,把药留给别人用吧。重人之生,轻己之死。如此高格,能有几人?

武大郎炊饼

——读"金"小札之一

炊饼,古代民间的一种普通吃食而已。一提起它,自然就会想起一个人来——武大郎。炊饼,并非自宋时才有的食品,宋时会做炊饼的,恐怕亦非唯武大一人,可他们何以就会声名卓著,垂传不朽了呢?这,恐怕得归功于《水浒传》和《金瓶梅》,是它们让炊饼和武大永远走在了一起,孟不离焦,焦不离孟,须臾未可离弃。

但,炊饼究竟是何模样的一种吃食,小说却都付之阙如,未免引以为恨。直到看了电视剧《水浒传》,才恍然大悟:原来就是现在的馒头啊。欣幸之余,不免怀疑,影视剧向来是导演的小说,手法上皆是小说家言,令人难以置信。就去翻书,好了,只见《靖康缃素杂记》里说:凡以面

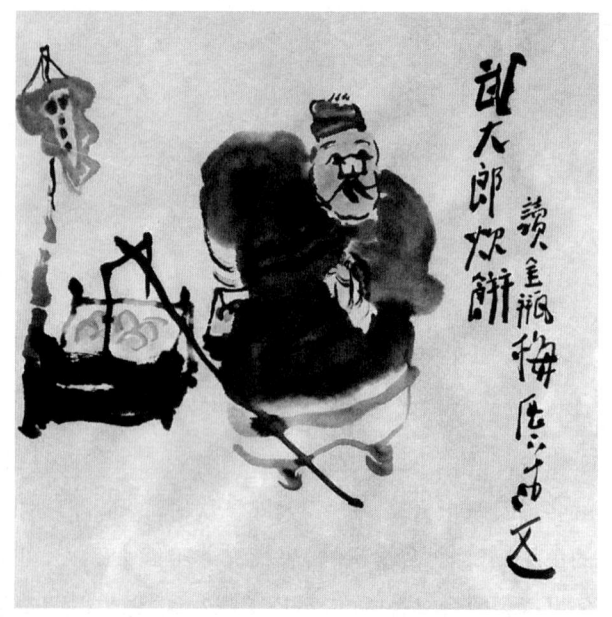

为食具者,皆谓之饼。故火烧而食者,呼为烧饼;水瀹而食者,呼为汤饼;笼蒸而食者,呼为蒸饼。又,《青箱杂记》中载:"(宋)仁宗庙讳祯,语讹近蒸,今内廷上下皆呼蒸饼为炊饼。"噢,是了,炊饼就是蒸饼,又叫笼饼。再往后翻,原来"屑面发酵,或有馅,或无馅,蒸食之者,都谓之馒头。"不过,宋时民间俗例,仍是称无馅实心的叫炊饼,有馅者为馒头。哈,彼时的炊饼,现在的馒头,彼时的馒头,现在的包子也。

原来,武大郎卖的真是馒头。这一点,电视剧还真是没有瞎掰。不像现在的一些抗战题材的电视剧,手撕鬼子,裸女送郎,武打、言情一起上,戏说、瞎扯照单收,简直不堪寓目。商品社会的现实情形,是不断发掘利用古人的名人效应,也就是商业价值,越来越精于吃古人。一开始,还比较拘谨,下手讲究,越到后来思想观念越开放,手段也越来越下作,百无禁忌,死猫烂狗臭鱼烂虾全都粉墨登场。他们要的只是知名度,以广招徕。这就是武大郎烧饼、武大郎食品公司之所以兴盛的原因。吃古人也不要紧,吃之前好好研究一下,弄清楚了再下箸。不,他们让武大郎给他们卖烧饼!人家武大啥时候卖过烧饼?借古人之名,行推销之实,他管武大卖没卖过烧饼。你看,这和抗战剧的手段还不是如出一辙么?

有一次,去西安旅行,回来的路上在省内的一个服务区休息,同行的一大帮子人蜂拥而上,抢购了许多的当地特产。我在一边冷眼瞧着,无动于衷。你道是什么呀,武大郎烧饼!嘻,买什么不好带回家,买个武大。这就不得不说到大郎其人其事,特出人头地的有二:个子矮、长得丑,三寸丁、谷树皮嘛,此一也;他头上戴有特殊颜色的帽子,而且还是两顶,此二也。他的声名卓著,全在于此,尤其是后者,历来为人所不齿,到今天也不得洗雪。

这当然是一种奇怪的民族心理的积淀。虽贤者,亦未能免。这从武大郎食品有限公司,有阳谷的,有梁山的,反而没有清河的,就很能说明问题。这是清河人的一种尴尬,成了结了。《水浒传》中写得明明白白,大郎武植是清河县人,后迁家至阳谷,制卖炊饼为业,后同景阳冈上打死老虎的二郎武松意外邂逅,兄弟相逢的。可到了《金瓶梅》中,全然调了个个儿,武氏二兄弟竟然成了阳谷县人,后迁至清河县,武松打死大虫后,竟然做的是清河县的都头。哈哈,真有意思。这岂不从反面坐实了,写《金瓶梅》的兰陵笑笑生就是清河县人氏的考证么?

宋惠莲烧猪头
——读"金"小札之二

《金瓶梅》中,食品与人关系紧密,且名声之大,除去炊饼,大概要算猪头了。来旺的老婆宋惠莲,以前做过厨子蒋聪的婆娘,会烧的好猪头,只用一根柴禾,烧得稀烂。只用一根柴禾,就把猪头烧得稀烂,端的好手段。宋惠莲烧猪头,可谓一绝。

且看她如何炮制猪头:"于是起身走到大厨灶里,舀了一锅水,把那猪首、蹄子剃刷干净。只用的一根长柴安在灶内,用一大碗油酱,并茴香大料拌着停当,上下锡古子扣定。那消一个时辰,把猪头烧得皮脱肉化,香喷喷五味俱全,将大冰盘盛了,连姜蒜碟儿,教小厮儿用方盒拿到前边李瓶儿房里,旋打开金华酒筛来。"你看,它既不同

于东坡猪头——净洗锅,浅著水,深压柴——的简略,亦不同于袁子才猪首的那般琐细与精致,的是戛戛独造。真不愧为厨娘子,聪慧。

火到猪头烂,钱到公事办。这是西门大官人的人生信条。他的那条狗命,还不是从右相李邦彦笔下买来的;就连他那提刑所副千户的五品官职,不也是从蔡太师手中批发到的么?就不消说,他日常的生意经纪,把持官府之种种了。钱到公事办,在他是真理。但到了宋惠莲那里,却遇到了空前未有的挑战。钱能通神,可钱真的不是万能的。

玉箫观风赛月房,金莲窃听藏春坞。可以说,起初这方子还是很好使的,西门庆没费多少事,就把宋惠莲刮剌到手。但越到后来,难度越大,甚至走向了事情的反面。这究竟是为什么?因为貌似是金钱的角力,最终却成了人心的较量。西门庆本质是个坏人,而宋惠莲终究是好人,自然势同水火,冰炭同炉,哪能相容呢。

宋惠莲的以色事人,曲意攀附,无非是希宠市爱,钓誉沽利罢了。虽谄态百出,无所不用其极,到底不曾起意谋害亲夫。至于被西门庆刮剌上,便到处倡扬,乔模乔样,有张无致,唯恐天下不知,一幅小人得志的丑态。这,当然是她致命的弱点:市侩,浅薄,轻浮。但她从未损人利己,蓄意害人,这就不能不说是她的大善了。同样是不守妇道,潘金莲就心狠手辣,为了当上西门庆的小老婆,可以摆死亲夫武大,她却一再回护来旺,让西门庆或是打发他外出买卖,或是另寻一个老婆予他。要不是她炫耀过早,几乎就成功了。

后来,在(潘金莲挑唆下)一步一步毒辣的构陷中,她也越来越清醒地认识到西门庆的凶狠狡诈的本质,她作为一个人的良心开始慢慢复苏,及至坚决彻底地站到了来旺一边,终于实现了人的觉醒。面对西门庆翻手为云,覆手为雨的魔鬼嘴脸,最后不惜以死来抗争。她的浅薄,最终害了她和来旺,让她走上了一条不归路;她的善良,最终完成了她作为一个人的自我塑造。要这命作甚么!活一百岁杀肉吃?这是潘金莲的话,她未必能做到,可宋惠莲却做到了。谓为辣菜根子,不亦宜乎。西门庆是什么人?——你原来就是个弄人的刽子手,把人活埋惯了。害死人,还看出殡的!这是宋惠莲临终对他的绝命鉴语。

"看不出他旺官娘子,原来也是个辣菜根子,和他大爹白搽白折的平上。"西门庆终于领教,火到猪头烂,钱到公事办,也并非完全是真理。

王婆问茶
——读"金"小札之三

王婆子开茶坊,用她夫子自道的话说,就是鬼打更——徒有虚名罢了。媒婆,才是她真正的职业,赚钱的手段。为人做牵头、拉皮条,的是久惯牢成的马泊六,好手段。自那日,西门大官人吃跌落的叉杆打中,被她觑个正着,便自有一篇老谱在心。

两日里,西门庆五趸茶坊,寝不安枕,食不甘味,显见的要来勾搭潘金莲。王婆心下窃喜,这刷子渔色!着啊,老娘便来钓利。钓利之先,先来钓人。——呀,大官人方才唱得好大一个肥喏!——且看她是如何引诱西门庆上套的:

"大官人,吃个梅汤如何?"语带双关,投石问路。西门庆是何等样人,敲敲头顶骨便脚底板响的角色,如何听

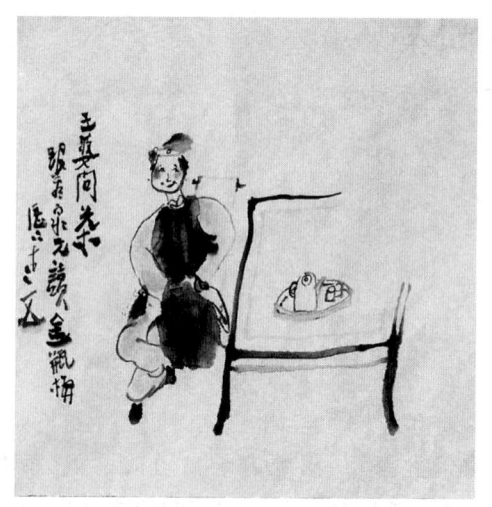

不懂这话,即刻心领神会,顺竿儿就爬上来了:最好,多加些酸味儿!干娘,也与我做对好媒,我自重重谢你。

"大官人,吃个合和汤如何?"合和茶汤,乃是新婚夫妇的仪礼,显然暗示西门庆,老娘惯能促双成对,谐和双美,却偏不说破,只拿茶来说事。西门庆仍是就坡下驴:最好,干娘甜多放些!之后,王婆数次三番只顾绕弯子,不接这个碴。

"老身看大官人直恁地有些焦渴,且吃个宽蒸茶如何?""宽蒸"谐音"宽身",看看是时候了,王婆再次醒示:

吃了此茶,保管身心俱宽,你就睛好罢！至此,一步一步,诱"敌"深入,算是吊足了西门庆的胃口,直到他许下十两银子的高价,王婆才答应替他和潘金莲穿针引线。

钓罢西门钓金莲,王婆子接着钓人。这老虔婆,首先抛出来个"潘驴邓小闲",给西门庆打预防针,此五件备也不备？一者叩问他疼惜钱也不疼,二者暗示他慢慢来——心急吃不得热豆腐。接着,为西门庆安排下十面挨光计。道是哪十面也？

请潘金莲帮忙裁衣,她若答应,便有一分光；

定下日子,邀金莲到茶坊裁衣,若来,便有二分光；

潘金莲裁衣间,若肯请些酒食点心,便有三分光；

西门庆假装不意来访,潘金莲见他到来若不起身离开,便有四分光；

西门庆称许潘金莲的女红针线,她若肯搭话,便有五分光；

西门庆费钞请王婆买办酒菜,为潘金莲浇浇手,她若应允,便有六分光；

王婆出门办事,请潘金莲陪侍西门庆少坐,她若愿同西门庆单独相处,便有七分光；

西门庆邀潘金莲同桌而饮,她若肯允,便有八分光；

王婆假托买酒,有意让西门庆和潘金莲独处,若潘金莲还不离开,便有九分光;

最后一分光最关键,成败在此一举。西门庆先要甜言蜜语一番,待潘金莲高兴,故意用袖子将筷子拂落在地,借拾箸机会,在她的小脚上捏上一捏,她若不反对,便有十分光。

此十面挨光计,虽大有故弄玄虚的嫌疑,为的是炫耀自己好手段,但也真是滴水不漏,步步为营,稳打稳扎,万无一失。果不出所料,潘金莲最终着了道,西门庆终于成其好事。王婆贪贿说风情,看这试探,看这挑逗,句句直搔痒处,招招诱人入彀,将死人说活,将活人说死,足可当得"诲淫"二字,好手段。

王婆暗自为自己的十面挨光得计,成功赚取潘金莲而窃喜,焉知这不正中金莲下怀,她亦因王婆着了道,自己守株待兔、顺水推舟之得计而窃喜?想一想,自打扠竿误中大官人,明明亦见西门庆临去也回了七八回头,她却一连数日不露面;再想一想此前,她情急不择路数调戏二郎武松失手,情场走了麦城,你能说这一点道理也没有么?

还是韩羽老夫子看得准:人言弄猢狲,不知为猢狲所弄。

西门庆的早粥

——读"金"小札之四

西门庆的四妾孙雪娥,单管率领家人媳妇在厨中上灶,打发各房饮食,是个大领班。有一回发牢骚:预备熬下的粥儿又不吃,忽八喇新梁兴出来要烙饼做汤,哪个是肚里蛔虫?咦,西门庆的早饭,只是吃个粥儿么?

且看西门庆的早粥是何模样:就是四个咸食,十样小菜儿,四碗顿烂:一碗蹄子,一碗鸽子雏儿,一春不老蒸乳饼,一碗馄饨鸡儿,银厢瓯儿里粳米投着各样榛松子果仁梅桂白糖粥儿(二十二回)。好简素的粥儿!有人说,此腊八日吃的腊八粥,不算。

好,且看素常里吃啥:四碟小菜儿,都是里外花靠,小碟儿精致——一碟美甘甘十香瓜茄,一碟甜孜孜五方豆

豉，一碟香喷喷的橘酱，一碟红馥馥的糟笋；四大碗下饭：一大碗燎羊头，一碗卤炖的炙鸭，一碗黄芽菜并烧的馄饨鸡蛋汤，一碗山药烩的红肉圆子。上下安放了两双金箸牙儿。伯爵面前是一盏上新白米饭儿，西门庆面前是一瓯儿香喷喷软稻粳米粥儿（四十五回）。看来，西门庆早上，还是喜欢吃粥儿。一小瓯粥儿，倒要这般阵势的碗碟来配它，难怪孙雪娥抱怨。

再来看西门庆刚刚纳李瓶儿为妾,他们早上吃的什么:四小碟甜酱瓜茄,细巧菜蔬,一瓯顿烂鸽子雏儿,一瓯黄韭乳饼,并醋烧白菜,一碟熏肉,一碟红糟鲥鱼,两银厢瓯儿白生生软稻粳米饭儿,两双牙箸(二十回)。米饭盛在瓯里,这大概还是粥儿罢。此时的大官人,虽娶孟玉楼发一笔财,继娶李瓶儿又得一笔好钱儿,却尚未暴暴地发达起来。但吃粥儿,却是一贯的。

还是回到开首那顿早饭吧。吃粥儿的西门庆,缘何"忽八喇新梁兴出来"要吃荷花饼、银丝鲊汤?这都是潘金莲这九尾狐狸作的怪。彼时,潘金莲刚刚做了西门庆的第五房小老婆,正如漆似胶,宠爱殊盛,俨然是西门府里的皇后。想来,荷花饼也就花样别致的面饼吧,银丝鲊汤也不过是银鱼儿鸡蛋汤而已,论营养,论好吃,未必强似粳米粥儿。她哪里是想吃什么饼和汤,只不过寻个由头拿孙雪娥开刀祭旗,耍耍她专房独宠的威风罢了。孙雪娥如何不知是她下的蛆,故而牢骚怠工,正好撞在西门庆的枪口上(要的就是这效果!)。新买的马桶且三天香呢,何况是娶了个可意儿的小老婆儿!孙雪娥一日里挨了三顿胖揍。

潘金莲之奸,此只小试牛刀耳。十个老婆也买不住一个男子汉的心。她哪里想到,西门庆这只淫棍,朝三暮四,逐新厌旧,才是他正经生涯。后来,她调唆月娘与西门庆冷战、逼死宋惠莲、害死官哥儿、气死李瓶儿之种种,更是变本加厉,兴风作浪,花样迭出,闹得西门庆府上鸡飞狗跳,人无宁时,家无宁日。看,封建社会的一夫多妻制,便是如此的扭曲人性。

家庭,是社会的缩影。

应伯爵的鲥鱼

——读"金"小札之五

歪狗材、怪狗材、贱狗材,皆是西门大官人对应伯爵的昵呼,二人的密昵,于此可见。而应花子这位西门府上最著名的食客,也真没辱没了大官人送他的这一称号:摇尾乞怜,曲意逢迎,傍虎吃食,恰是一块狗材料。

有一次,应伯爵照例来蹭饭,不巧西门庆心情不佳,只是虚让一让:你吃了早饭不曾?伯爵故作妩媚状:哥,你试猜?这有啥子好猜的,西门庆没接这个茬,硬撅撅地反诘道:敢是你已吃过不成?显然没好气儿。没想到这花子,掩口吃吃笑道:竟是这等猜不着!也真有他的,如此忸怩作态,脸皮赛过城墙了。西门庆也被他气乐了:怪狗材,没吃就是没吃,做这等张致!欣然赐饭。你看,这

像不像饭桌前的一只狗,故作憨态,摇尾乞怜。唉,为了一口饭,为了可笑的一点自尊,如此丑态迭出,岂不可怜?

此是未曾吃上之前,吃上之后,亦足令人解颐。有一回早饭,西门庆用水面来招待应伯爵和谢希大:一碟十香瓜茄,一碟五方豆豉,一碟酱油浸的鲜花椒,一碟糖蒜;三碟儿蒜汁,一大碗猪肉卤,一张银汤匙,三双牙箸。各人自取浇卤,倾上蒜醋。那应伯爵与谢希大,拿起箸来,只三扒两咽,就是一碗,两人登时狠了七碗。哈哈,"三扒两咽"、"狠",端的镂魂摄魄,只区区两笔,其馋鬼、饿鬼的丑态毕现矣。

有一回,西门庆收礼得了两包鲥鱼,送了应伯爵两条。及至他与韩道国来求西门庆办事,好不奉承——我还没谢的哥,昨日蒙哥送了那两尾好鲥鱼与我。送了一尾与家兄去。剩下一尾,拿刀儿劈开,送了一段与小女;余者打成窄窄的块儿,拿他原旧红糟儿培着,再搅些香油,安放在一个磁罐内,留着我一早一晚吃饭儿,或遇有个人客儿来,蒸恁一碟儿上去,对房下说,也不枉辜负了哥的盛情。——你们那里晓得,江南此鱼,一年只过一遭儿,吃到牙缝儿里,剔出来都是香的。好容易!公道说,就是朝廷还没吃哩。不是哥这里,谁家有?

送一尾与家兄。送一段与小女。余者依旧糟起来,慢慢自享或待客。哈,两尾鲥鱼,一条也就至多二斤重吧?却让他如此郑重应用到这般极致,借此炫耀了一大圈儿,要足了三方面大大的面子,还小小(只能如此,也只好如此)满足了口腹之欲。呵呵,你看这像不像极叼了一块骨头,神气活现来在鸡、狗、猫、鸭面前趾高气扬,大事饕餮的一条巴儿狗?

但是，你若只看到伯爵虚荣、可怜，可笑的一面，那就大错特错了。因了他的举荐，当上西门庆伙计的贲四，因监工赚足了银子，却不解事，从未孝顺他一下。他就借与西门庆吃酒取笑时，当众寻了贲四一个破绽，将无作有捏了他一个"僭上"的罪名，慌得贲四第二天，立马送了三两银子与他。

老儿不发狠，婆儿没布裙。贲四这狗啃的，我举保他一场，他得了买卖，扒自饭碗儿，就不用着我了。大官人教他在庄子上管工，一向撰的钱也勾了。我昨日在酒席上拿言语错了他错儿，他慌了，不怕他今日不来求我——咬人的狗不露齿，他伯爵嘴下有刀子哩。他把两尾鲥鱼的应用，发挥到极致，真的只是图了个虚荣的面子？

傍虎于前，为的是噉饭于后啊。此所有帮闲、食客的不二法门。面子、里子，他们一样也落不下。

李瓶儿泡螺

——读"金"小札之六

发送李瓶儿丧事才毕,西门庆同了应伯爵、温秀才在家赏雪的时候,窑姐郑月儿着人送了两样儿茶食来:一盒果馅顶皮酥,一盒酥油泡螺。应伯爵先捏了一个放在口内,又拈了一个递与温秀才:老先儿,你也尝尝!吃了牙老重生,抽胎换骨,眼见稀奇物,胜活十年人。温秀才呷在口内,入口而化,说:此物出于西域,非人间可有,沃肺融心,实上方之佳味。

酥油泡螺端的是何尤物,令这两块吃货如此盛称不已?——上头纹溜就像螺蛳儿一般,却是粉红、纯白两样儿,上面都沾着些飞金。——拣它不难,只要拿的着禁节儿便好。——西门庆一见,便道:我见此物,不免又使我

伤心,惟有死了的六娘她会拣。她没了,如今家中谁会弄它!可一旦听了应伯爵"我愁什么,死了一个会拣泡螺的女儿孝顺我,如今又钻出个女儿会拣了。偏你也会寻,寻的多是妙人儿"的话,他便登时笑得两眼没缝儿了。嘿!笔力老辣,真个入木凿石一般,把人写活了。

可这酥油泡螺到底是啥物事,还是让人捉摸不透。一日,闲翻《陶庵梦忆》,忽见"乳酪"一节,乃大喜——余自豢一牛,夜取乳置盆盎,比晓,乳花簇起尺许,用铜铛煮之,瀹兰雪汁,乳斤和汁四瓯,百沸之。玉液珠胶,雪腴霜腻,吹气胜兰,沁入肺腑,自是天供。——这个张宗子真是太牛了,为了吃上纯正的奶酪,竟然自己养牛,自己熬制,别人的酥油茶是红茶熬制,他竟异想天开用兰雪绿茶来炮制。文化人的嘴,就是刁。

且慢,继续看来——而苏州过小拙和以蔗浆霜,熬之、滤之、钻之、掇之、印之,为带骨鲍螺,天下称至味。其制法秘甚,锁密房,以纸封固,虽父子不轻传之。——鲍螺,泡螺,实是一物。噢,原来泡螺就是奶酪呀。看吧,先是熬,次是滤,再是搅,然后入模,之后成型,最后钤花,工艺竟是如此之繁琐。前边小说里提到的,粉红、纯白两样儿,想来,粉红者是添益了什么着色的材料,纯白者就是一任本色的吧。

好个酥油泡螺!怪不得笑笑生也语焉不详,实在是制法秘甚,虽父子不轻传之啊。怪不得,也只有给梁中书、花太监做过二奶的李瓶儿才会"拣"。怪不得,也只有夜总会的头牌韩月儿才会"拣"。怪不得,一听应花子的奉承恭维,西门大官人就笑得两眼没缝儿了呢。怪不得,怪不得。啧啧整部书中，有且只有一次，写到过李瓶儿拣泡螺，便是李瓶儿生了官哥儿，西门庆当上提刑所的副千户，西门府上生子升官开宴吃喜酒的那一回。表面上看，李瓶儿宠爱殊盛，正处人生的鼎盛之期，殊不知明枪暗箭亦渐次猬集一身，已成众矢之的。潘金莲和吴月娘拿官哥儿玩推手，表面似轻描淡写，内里却暗藏杀机，实在是凶险非常——

那潘金莲笑嘻嘻看孩子说道："'大妈妈，你做什么哩？'你说，'小大官儿来寻俺妈妈来了。'"月娘忽然抬头看见，说道："五姐，你说的什么话？早是他妈妈没在跟前，这早晚平白抱出他来做什么？举的恁高，只怕唬着他。他妈妈在屋里忙着手哩。"便叫道："李大姐你出来，你家儿子寻你来了。"

潘金莲饲猫
——读"金"小札之七

潘金莲房中,素常养活了一只白狮子猫:浑身纯白,只额头上带龟背一道黑,名唤"雪里送炭",又名"雪狮子"。这猫善会口衔汗巾儿、拾扇儿,西门庆不来,金莲晚夕就常抱了它在被窝里睡,从不撒尿屎在衣被上,甚得金莲爱宠。金莲常唤它是"雪贼"。这贼物每日不吃牛肝干鱼,只吃生肉半斤,调养得十分肥壮,毛下能藏下一只鸡蛋。饭时,常蹲在妇人肩上喂它饭,呼之即来,挥之即去,甚可人意。金莲没事时,终日抱在膝上摸弄,爱惜殊甚。

"雪里送炭"也好,"雪狮子"也罢,无非是形容这猫品种稀贵;"雪贼"嘛,也只是说它灵精而又善解人意;不吃牛肝干鱼,日食生肉半斤,就远非一般孱弱的小宠物

了,毛下藏得住鸡蛋,可见其肥壮,不贼而何？这都算不上过分的出奇。最令人称奇的,是潘金莲的饲猫法——寻常无人处,在房里用红绢裹肉,令猫扑而挝食——呀!不知他人如何,我初读至此,不禁倒吸一口凉气。这个女人潘金莲,心机之险恶毒辣,手段之以刁钻阴贼,简直丧心病狂,令人发指。她这哪里是蓄养宠物,分明是训练杀手!太过分了,太过分了。

即便书人不说,读者也莫不想到——她这是要害西门官哥儿——官哥儿怕猫嘛——那潘金莲她又是如何发现这一点呢?就是那次她与陈敬济在花园偷情,不期然被带官哥儿出来玩耍的李瓶儿撞遇,而李瓶儿舍了官哥儿让吴月娘叫走的那一回:那小玉和玉楼走到芭蕉丛下,孩子便躺在席上,登手登脚地怪哭。并不知金莲在哪里,只见旁边大黑猫,见人来一滚烟跑了。

让她照管孩子,她却趁机无人跑去和敬济苟合。次后虽让她以净手遮掩过去,可是官哥儿惊吓得宿疾复发,又是灼龟板,又是献城隍,又是谢土地,鬼哭神愁地折腾得一家人不消停。当然,这都给潘金莲种到心里去了。此是书中五十二、五十三回上的事,到潘金莲得手却已是五十九回了——不料金莲房中这雪狮子,正蹲在护炕上,看见官哥儿在炕上穿着红衫儿一动动地玩耍,只当平日喂它肉食一般,猛然往下一跳,扑将官哥儿,身上皆抓破了⋯⋯

情节的逶迤悬心,伏笔的草蛇灰线,闲闲写来一切都是那么的自然,一点也不显突兀,读者早就料到会是这么个结果。不由人不叹服作家的大手笔。写人写到骨头里了,有神鬼莫测之效。书中说潘金莲此为,就如昔日屠岸贾养神獒,害赵盾一般。想来以金莲的知识储备,未必知悉此一段历史故事,但作家受此启发构设了这一奇崛的情节,当是极有可能。

翻了翻《史记》,只见有晋灵公纵獒博噬赵盾一节,而未见屠岸贾驯养神獒的载录。而屠岸贾加害赵氏一族,却是赵盾死后的事了。先是韩厥,次是程婴、公孙杵臼一班忠臣,仗义蹈险,舍亲救孤,保存了一星正义的火种,十五年后终得沉冤洗雪,正义申张。千载之下,读之犹令人沸血腾涌。邪恶奸佞虽得逞一时,而终必覆亡。

而《金瓶梅》讲的却是报应如响。一切皆淹没于不动声色的琐细的日常生活之流,远胜于搜孤救孤紧张激烈的戏剧性冲突对人的冲击力。所谓的感同身受是也。掩卷沉思,却有几处疑点久久未能释怀:潘金莲的驯养雪贼,虽于无人处施为,显非一蹴而就,就真的无人撞破,也无人联想此是欲行谋杀么?官哥儿惊疾发作堪堪待毙,精明狡诈如西门庆真就看不透这是潘金莲的借刀杀人计?为什么只是暴怒中摔死雪狮子了事,却未予深究呢?

西门庆之忽也?小说之忽也?抑或别有深意存焉?

潘金莲寻鞋
——读"金"小札之八

潘金莲醉闹葡萄架,是《金瓶梅》中的重要关目。倒缚吊了双脚,以牝门为靶,让西门庆投壶为戏——为此,她差点搭上自己的小命儿。也亏她想得出,做得出!为了争宠、固宠,真正是不要脸,不要命,不择手段,无所不用其极呀。

不想,是役全胜之后,却留下了一个小尾巴:丢了鞋。睡鞋呀!这还了得。为掩其荡妇淫娃的丑行秽迹,潘金莲百计千策非要寻回丢了的那只睡鞋不可。小说用了整整一个回目的篇幅,来写潘金莲寻鞋。妙绝的是,整个过程中却衬以丫头秋菊的痴、笨、呆、傻,恰与潘金莲的吹土觅蟹、小题大做相映成趣,让人忍俊不禁。

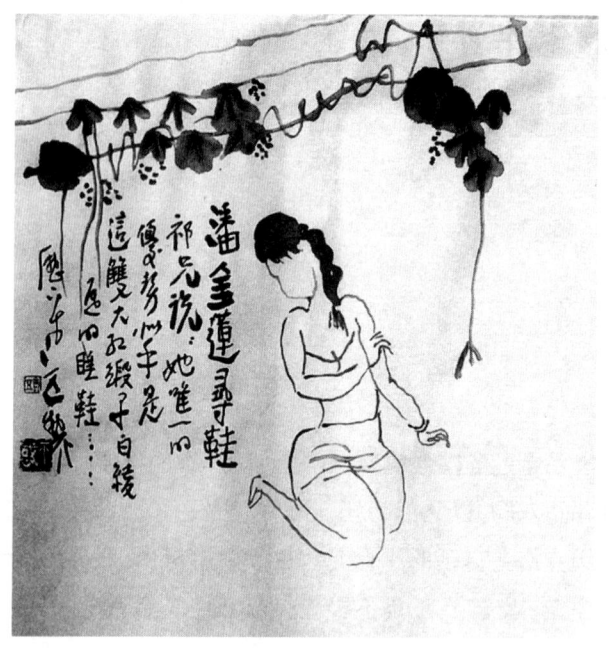

秋菊:我昨日没见娘穿着鞋进来。

金莲:你看胡说!我没穿鞋进来,莫不我精赤着脚进来了?

秋菊:娘,你穿着鞋,怎的屋里没有?

金莲:贼奴才,还装憨儿,无故只在这屋里,你替我老实寻是的。

(秋菊三间屋里,床上床下,到处寻了一遍,哪里讨那一只鞋来。)

秋菊:倒只怕娘忘记落在花园里,没曾穿进来。

金莲:敢是奁昏了!我鞋穿在脚上没穿在脚上,我不知道?

(哈哈,问得好!)

秋菊:等我再往花园里寻一遍,寻不着随娘打罢!

(春梅又押着她在花园山子底下各雪洞儿、花池边、松墙下,寻了一遍,没有!)

秋菊:还有那个雪洞里没寻哩。

(于是,押着她到于藏春坞雪洞内。)

秋菊:这不是娘的鞋!在一个纸包内,裹着些棒儿香、排草。

(金莲拿在手内,取过她的那只鞋来一比,都是大红四季花嵌八宝缎子白绫平底绣花鞋儿,绿提根儿,蓝口金儿。惟有鞋上锁线儿差些,一只是纱绿锁线儿,一只是翠蓝锁线儿,不仔细认不出来。妇人登在脚上试了试,寻出来的这只比旧鞋略紧些,方知是来旺儿媳妇子的鞋。)

金莲:这鞋不是我的鞋,奴才,快与我跪着去!

秋菊:不是娘的鞋是谁的鞋,我饶替娘寻出鞋来,还要打我。若是再寻不出来,不知还怎的打我哩!

（落后,是陈敬济走来,缠讹了金莲一方汗巾,才换回来真正丢了的那只睡鞋来。秋菊看见把眼瞪了,半日不敢认。）

秋菊:可是怪的勾当,怎生跑出娘的三只鞋来了?

金莲:好大胆奴才!你敢是拿了谁的鞋来搪塞我,倒如何说我是三只脚的蟾?这个鞋从哪里出来了?

（春梅把鞋掠在地下,看着秋菊说道:赏与你穿了罢。那秋菊拾在手里——）

秋菊:娘这个鞋,只好盛我一只脚指头儿罢了!

月娘:如今这一家子乱世为王,九尾狐狸精出世了,把昏君祸乱的贬子休妻。如今为了一只鞋子,又这等惊天动地的反乱。你的鞋子好好穿在脚上,怎的教小厮拾了?想必吃醉了,在那花园里和汉子不知怎的伤成一块,才掉了鞋。如今没的遮盖,拿小厮顶缸,打他这一顿,又不曾为什么大事。

真个不是什么大事么?可在金莲眼里、心中就是大事。自金莲借了要汤、要饼唆打孙雪娥之后,西门庆先是梳笼李桂姐整月不回家,次后金莲不堪寂寞私通琴童,反被李娇儿揭举给西门庆,挨了好一顿马鞭子,之后西门庆又忙着与富婆儿李瓶儿偷期幽会,之后西门庆又趁来旺儿上杭州干事刮剌上了宋惠莲,潘金莲那专房独宠的美梦落空,情场上是一挫再挫,几乎没沾到多少雨露珠儿。

所以,回头再看她的醉后大闹葡萄架,实在是怀了破釜沉舟、孤注一掷的悲壮与凄楚。她又比不得李桂姐的风月老成,也比不得宋惠莲更小更性感的三寸金莲,也比不得李瓶儿的钱更多和屁股更白,她唯一的优势似乎就是这双大红缎子白绫底的睡鞋,这好像是唯一最能激发西门庆激情的性感点了,她能不牢牢抓住这根起她于水火的性之稻草?

西门庆(晚夕上床宿歇,见妇人脚上穿着纱绸子睡鞋儿,大红提根儿,因说道):啊呀!如何穿这个鞋在脚上,怪怪的不好看!我的儿,你到明日做一双儿(红鞋)穿在脚上。你不知,我达一心只喜欢穿红鞋儿,看着心里爱。

看看!

《金瓶梅》之"生"

——读"金"小札之九

《金瓶梅》中的"生"事,描写刻画最重的是李瓶儿分娩。——直到李瓶儿肚子痛得紧了,在炕上打滚,吴月娘这才吩咐小厮来安:风跑,快接蔡老娘去!方骑了骡子请来接生婆子。什么也没预备,又打发丫头把月娘自己预备生孩子用的草纸、绷接取来。"良久,只听呱的一声,养下来了。"嗯,当然是自然生产,那时还没剖腹产,也没催生针。

"慌得西门庆连忙洗手,天地祖先位下满炉降香,告许十二分清醮,要祈母子平安,临盆有庆,坐草无虞。"不要笑,这就是那时最庄重、最虔诚的生产投入了。"这蔡老娘收拾孩儿,咬去脐带,埋毕衣胞,熬了些定心汤,打发

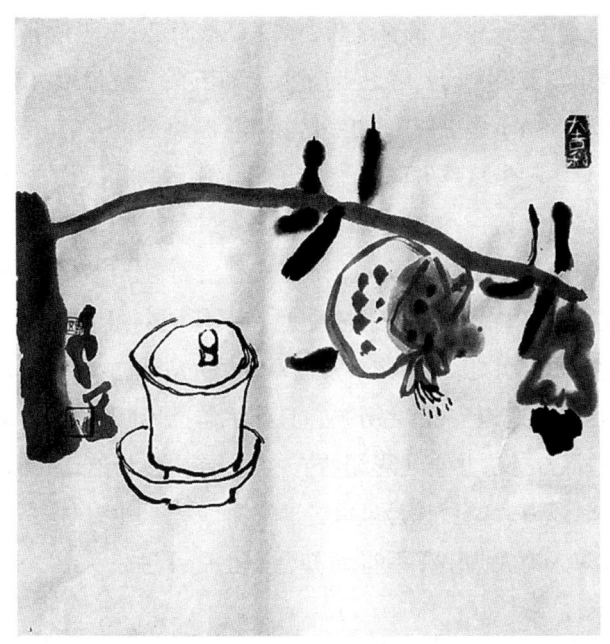

李瓶儿吃了,安顿孩儿停当。月娘让老娘后边管待酒饭。临去,西门庆与了她五两一锭银子,许洗三朝来,还与她一匹缎子。这蔡老娘千恩万谢出门。"

整个生产过程甚为简陋:一没产房,二没护理,就请了个接生婆子;用了点草纸,一件小包被,当然,那时妇女能用草纸,也非寻常人家;熬了些定心汤,打发李瓶儿吃了,所谓定心汤者,不过就是茯苓、桂心、甘草、白芍、炮姜、远志、人参组成的草药,养神安志而已,没得啥子营养。花费最大的一笔,是与了蔡老娘五两一锭银子,相当于现今一千多块钱罢,出手已经非常霍绰了。

生产虽然陋劣草草,但孩子诞生前后的礼庆仪式,却是名目繁盛,一样儿也少它不得。《东京梦华录》、《梦梁录》皆载:孕妇一入分娩月,娘家就要行"分痛"、"催生礼"——以银盆,或绫或彩画盆,盛粟秆一束,上以锦绣或生色帕复盖之,上插花朵及通草,帖罗五男二女花样,用盘合装,送馒头,谓之分痛。且作眠羊、卧鹿、生果实,取其眠卧之义,并小儿彩绷绣衣,谓之催生。当然,这都是宋时风习。《金瓶梅》虽借名于宋,而实写明事,风俗是否较宋人有所加减,不得而知,主题关目想来大体一致的罢。

孩子生后三日,要洗三朝,亦名"洗三"。是日,焚香供神,会集亲友,投各色枣果添盆;婴儿剪胎发、洗身、移窠;酒食优待,酬谢收生婆子。洗三之后,是满月,亦谓弥月,大宴宾客。满月之后是百晬,直到孩子诞生满一周年,行"抓周试晬"仪式,亦开筵作庆,乃小儿之盛礼也。《金瓶梅》中,洗三只是一句带过,百日,周年,皆无描写。是斯时风习不然呢,还是西门庆太忙没空儿,均无交代。

想来是与情节推进、人物刻画呒啥瓜葛罢,故略而不写。小说重点描写的是官哥儿的做满月。

官哥儿庆满月,一共请了四场筵席。头一筵,皆是亲邻堂客女眷。吴大妗子、二妗子,是吴月娘的娘家嫂子,孩子虽不是她生的,但她是上房当家娘子,请娘家人来,必须的;杨姑娘,就是孟玉楼前婆家姑姑,孟玉楼出嫁西门庆时大战张四舅者是也;潘姥姥,潘金莲的老娘;吴大姨,不知是谁,想必月娘的姐姐;乔大户娘子,是西门庆的对门邻居;却独独少了花大妗子,也就是李瓶儿的前妯娌嫂子,按说这也是西门庆家的"贵"宾。是此时不宜呢,还是此节不宜,令人纳罕。

二场筵,是七月二十八这日请的,正好也是西门庆生日。"有刘、薛二内相(两个告老的太监),帅府周大人,都监荆南江,同僚夏提刑,团练张总兵,卫上范千户、吴大哥、吴二哥、乔老使人来回了不来,连二位(应伯爵、谢希大)通只数客。"西门庆虽故如此说,但却于厅正面铺设了十二张桌席,俱是帷拴锦带,花插金瓶,桌上摆着簇盘定胜,地下铺着锦裀绣毯,好个排场。陪客应伯爵送官哥儿一礼物不俗,甚讨西门庆欢心:一绺五色线,上穿十数文长命钱。人财两旺的一个好彩头。此处乃帮闲本色,颇上添毫的妙笔。

三场筵,请的是清河县的四宅老爹:知县、县丞、主薄、典史。外带一位补贺礼的薛公公,虽前日席上连个弄璋之喜也不懂,但礼物送得颇不跌份儿:闪红官缎一匹、福寿康宁镀银钱四枚、追金沥粉彩画寿星拨浪鼓儿一个,银八宝二两。

四场筵,请的都是西门庆会中的那帮滥皮结拜兄弟。这次乔大户来了,吴大舅、二舅也来了,有位沈姨夫,想是上次吴大姨的当家,哦,还有花大哥,共十四人上席,八张桌儿。前几席是场面席,这一席才是真正的乐席。此时的西门大官人,家庭、事业如日中天,真个是鲜花着锦,烈火烹油,极一时之盛。

琴童藏壶觑玉箫,西门庆开筵吃喜酒。这中间出了段小插曲,因琴童成心作弄丢了一把执事酒壶,被潘金莲讥为:头醋不酸,到底儿薄。西门庆听了,不由大怒:"看着你恁说起来,莫不李大姐她爱这把壶?!"是呵,你潘金莲也太没眼色,这是啥时辰啊,讲这类败兴头的话,不是自找无趣么。喊。

《金瓶梅》之"老"

——读"金"小札之十

笑笑生也真绝,把个西门庆设计成父母早丧兄弟俱无的光杆儿,好让他无拘无束无法无天的作——咱闻那佛祖西天,也只不过要黄金铺地;阴司十殿,也要些楮锭营求。咱只消尽这家私广为善事,就使强奸了嫦娥,和奸了织女,拐了许飞琼,盗了西王母的女儿,也不减我泼天富贵。——啧啧,你听听。

故而,书中绝少恤孤孝老的事体。唯一的一次,是潘金莲和孟玉楼磨镜子,被磨镜老汉一阵忽悠,与了他半腿腊肉、两个饼锭、二升小米、两个酱瓜茄。老汉之能得逞,还不是因了他绘声绘色,负屈衔冤,老来艰难的一番痛诉打动人心?

不过,老来也真的难。虽不若张大户腰便添疼,眼便添泪,耳便添聋,鼻便添涕,尿便添滴(老色鬼)那样诸般齐全,身体却也真是每下愈况,愈发艰难了。老年人自有老年人的心事。最大的一桩,便是预备棺材板和送终衣服鞋袜,以防不虞之灾。所以,西门庆为能勾搭到潘金莲,上来许给王婆的第一件愿想就是:"端的与我说这件事,我便送十两银子与干娘做棺材本。你好交这雌儿会我一面。"一下就打动了王婆。

由是,王婆便提出了五件俱全、十面挨光的条件。其主题就是缝衣搭台,挨光唱戏——要西门庆买材料,请金莲做衣服,王婆子借此见机行事,凑一成两,撮单成双。这老咬虫端的是羊角葱靠南墙——老辣已定,穿西门庆的鞋走自己的路,借潘金莲的腿搓自己的麻绳,即便十件挨光不成,她的事却早已瓮中捉鳖稳拍拍的成了。

看看彼时风习,端的如何。"大官人如干此事,便买一匹蓝绸,一匹白绸,再用十两好绵,都把来与老身。"——绸绢表里俱全,又有好棉,这是基础材料。此第一要紧也;"今年觉得好生不济,不想又撞着闰月,趁着两日倒闲,要做,又被那裁缝勒掯,只推生活忙,不肯来做。老身说不得这苦也!"此事,必须在闰月年份里做。此第二要紧也;最好是请专业的裁缝做,实在不行,请人自做。此第三要紧也;"明日是破日,后日也不好,直到外后日才是裁衣日期。"要选黄道吉日。而归寿衣服,正用破日便好。此第四要紧也。

即便夹缠在十件挨光里,仔细留心看来,还是不难见出"做老"的般般件件、首首尾尾。这还是小头,大头是十两银子的棺材本。在给西门大官人拉皮条的中间,王婆子就醒示过非止一次:"眼望旌节至,耳听好消息。不要交老身棺材出了讨挽歌郎钱。"

勾搭潘金莲,西门大官人是破上血本了,光出未入,纯消费。所以,在娶富婆孟玉楼时,他故技重施,更是下大本钱,当杨姑娘说要一个棺材本时,他慨然允道,休说一个棺材本,十个棺材本也出的,前前后后真个花了一百多两银子(如今也得两三万块了吧),"一拳打倒"杨姑娘。杨姑娘才在孟玉楼出嫁时,破着老脸与张四那老狗肉做臭毛鼠,狗咬狗一嘴毛,好一场恶战。西门庆得便成功搬取箱箧,稳稳地赚了好几千两银子呢。

最可怜的是潘姥姥。潘金莲上寿,她好容易赒办了份礼,坐了轿子来,却没钱打发六钱银子的轿子钱,吴月娘都发下话让记帐,潘金莲却硬是不允,还是孟玉楼给钱打发去了。落后,潘金莲把潘姥姥好一顿数落:你没轿子钱,谁教你来了?恁出丑摆划的,教人家小看!以后有轿子钱就来他家来,没轿子钱就别要上门!

来在李瓶儿灵前,见到供摆着许多狮仙五老定胜(糕),树果柑子,石榴萍蓼,雪梨鲜果,蒸酥点心,馓子麻花,满炉焚着末子香蜡,点着长明灯,销金桌帏,挂着大红遍地锦袍儿,锦裙绣袄,珠子挑牌的影像,姥姥因说道:

"你娘够了,官人这等费心追荐,受这般大供养。够了,他是有福的。"愈发勾起她伤心来:"姐姐,你们听着我说,老身若死了,她到明日不听人说,还不知怎么收成结果哩。想着你从七岁没了老子,我怎的守到如今,从小交你做针指,往余秀才家上女学去,替你怎么缠手缠脚儿的,你天生就是这等聪明伶俐,到得这步田地?你把娘喝过来,断过去,不看一眼。"

天下父母,可为此言同声一哭也。

《金瓶梅》之"病"
——读"金"小札之十一

明人笔记《宛署杂记》、《帝京景物略》皆载:正月十六日夜,妇女着白绫衫,队而宵行,群游祈免灾咎,前令人持一香辟人,名曰"走百病",亦名"走百媚"。凡有桥之所,三五相率一过,取度厄之意,或云终岁令无病。《金瓶梅》二十四回"敬济元夜戏娇姿",说的就是这事。

风习,只是一种良好的愿想。人吃五谷,还是免不了要生病。生病就得求医、吃药。要不,西门庆也不开生药铺了。《金瓶梅》一部书里,关于病事,写得最详的还是李瓶儿和官哥儿的医病。

且看任医官如何诊病:"正为这个(暗气)缘故,所以她肝经原王,人却不知她。如今木克了土,胃气自弱了,

气哪里得满,血哪里得生。水不能载火,火都生上截来,胸膈作饱作疼,肚子也时常作疼;血虚了,两腰子,浑身骨节里头通作酸痛,饮食也吃不下了,可是这等?"西门庆大为钦服:"真正任仙人了!"此是初恙入身,药石还能措手。

直到病势沉重,演变成血崩之疾,任是神仙也束手:"七情感伤,肝肺火太盛,以致木旺土虚,血热妄行,犹如山崩而不能节制。若下的血,紫者犹可以调理,若鲜红者,乃新血也。学生撮药过来,若稍止则可有望,不然难为矣。"结果,一剂"归脾汤"吃下去,其血越流之不止。

病急乱投医。西门庆慌了,一会儿一个胡太医,一会儿一个何老人,一会儿又一个赵捣鬼,闹出好一场笑话来。且看赵捣鬼如何诊病:先诊左手,次诊右手,再观气色——老爹,你问声老夫人,我是谁?——李瓶儿低声说道:敢是太医。——老爹,不妨事,死不成,还认得人哩。哈哈,真有他的。——据看其面色,又诊其脉息,非伤寒则为杂症,不是产后,定然胎前。——不是。——敢是饱闷伤食,饮馔多了。——她连日饭食通不十分进。——莫不是黄病?——不是。——多管是脾虚泄泻。——也不是。——不泄泻,却是什么?怎生害个病,也教人摸不着头脑!哈哈,好太医。直到开出那虎狼剂方来,西门庆才终于忍不住大怒:"这厮俱是胡说,教小厮与我叉出去!"

李瓶儿都病成这般模样了,西门庆还有心情陪赵捣鬼练"逗你玩儿",虽是小说笔法,也可见旧时这类庸医在在多有。不然,巫父神婆的生意,也不会如此源远流长,兴旺发达了。"你也省可里与她药吃,她饮食先阻住了,肚腹中有什么,只顾拿药淘碌她。前番那吴神仙算她二十七岁有血光之灾,你还使人寻这吴神仙去,替她打算打算,这禄马数上看如何。只怕犯着什么,替她禳保禳保。"一旦到了百药罔效田地,接下来便是求神问卜了。莫笑此荒唐,都是曾经真实的存在。

而小官哥儿风疾发作,一上手就是这一套。——西门庆道:"哭也没用,不如请施灼龟来与他灼一个龟板,不知有恁祸福纸脉,与他完一完再处。"灼后鉴语:"目下没甚事,大象迁延,还防反覆,需猪头三牲,急献城隍老太。"西门庆即行安排。"孩子,我与你赛神了,你好了些,谢天谢地!"说也奇怪,那里孩子就放下眼,磕伏着有睡起来了。

请钱痰火烧纸发送的同时,又请刘神婆收惊——把一只高脚瓦锤,放米在里面,满满的,袖中摸出旧绿绢头来,包了这锤米,把手捏了,向官哥儿头面上下手足,虚空运来运去的颤,口里唧哝哝的念,不知是些什么。念毕,把绢儿抖开了,放钟子在桌上,看了一回,就从米摇实处,撮两粒米,投在水碗内,就晓得病在月尽好。"只是不该献城隍,还该谢土才是。"

刘婆子功课完了,是钱痰火——带了雷圈板巾,依旧着了法衣,仗剑执水,步罡起来,念《净坛咒》。西门庆净了手,漱了口,着了冠带,带了兜膝,拜完了土地,又拜忏。西门庆拜了满身汗,走进里面,脱了衣服冠带,就走入官哥床前,摸着说道:"我的儿,我与你谢土了。"对李瓶儿道:"好呀,你来摸他额上,就凉了许多。谢天,谢天!"

李瓶儿道:"莫说刘婆没有意思。"是呵,意思全在心理暗示而已。其实,今天的医院在开设内外科目的同时,还应开设一个心理导引门诊。但好像一直未得重视。由是,科技昌明的今天,继续由乡间的神婆卜父承载这一功能,而往往左支右绌,南辕北辙,大堕恶趣,殊堪嗟惜。

中国,实在是太老了。

《金瓶梅》之"死"
——读"金"小札之十二

俗云:太太死了客满堂,老爷死了好凄凉。李瓶儿丧事一节,《金瓶梅》用了整整四个回目来铺陈其事,当然不是为俗谚来作注脚,而是借此展现西门庆家道兴盛及于峰巅也。但客观上,也为我们留下一笔宝贵的彼时治殡营丧的民俗资料。

穿装防衣服。——玉楼道:"娘,我摸她身上还温温儿的,也才去了不多回儿。咱不趁热脚儿,不替他穿上衣裳,还等甚么?"要的趁热穿,冷了僵硬,难以动作。不能穿红鞋。潘金莲要寻一双李瓶儿生前喜爱的红鞋给她穿,月娘说:"不好。倒没的穿上阴司里,好教她跳火坑。"

停放。——把李瓶儿用板门抬出,停于正寝,下铺锦褥,上覆纸被,安放几筵香案,点起一盏随身灯来。专委两个小厮在旁侍奉,一个打磬,一个炷纸。

请阴阳先生批书。——徐先生问了姓氏,并生时八字,批将下来:已故锦衣西门夫人李氏之丧。生于元祐辛未正月十五日午时,卒于政和丁酉九月十七日丑时。并看破土、安葬日期。西门庆要过五七后发送,但五七里没好日子,倒是四七里,宜择十月初八日丁酉时破土,十二日辛丑巳时安葬,合家六位本命都不犯。

报丧。——西门庆使琴童骑头口,往门外请花大舅,然后分班差家下人,各亲眷处报丧,又使人往衙门中给假,在家整理丧事。

破孝。——取二十桶瀼纱飘白,三十桶生眼布,造帷幕、帐子、桌围、并入殓衣衾缠带,各房女人衫裙,小厮们皆是白唐巾、白直裰。兑一百两银子,推了三十桶魁光麻布,二百疋黄丝孝绢,在天井内搭五间大棚。五钱银子的绢西门庆嫌不好,又打发贲四去换六钱一匹的。

传神。——来保请的画师韩先生到,"烦先生揭白传个神子"西门庆与他行礼说。韩先生用手揭起千秋幡,见李瓶儿勒着鸦青手帕,虽故久病,其颜色如生,姿容不改,黄恹恹的,嘴唇儿红润可爱。韩先生一见就知道了。众人围着他画。影像底稿画讫,西门庆看了满心欢喜。待半身小影成,西门庆更加满心欢喜。早非初始的离地跳三尺,大放悲声,骂丫头,踢小厮了。呵呵。

攒造棺椁。——看了几副板,都中等,又价钱不合。回来的路上撞见乔亲家爹,说尚举人家有副好板。原是尚举人的父亲,在成都府做推官时带来,预备他老夫人的。两副桃花洞,他使了一副,只剩下这一副,定要三百七十两银子。板是无比的好板。……叫匠人锯开,里面喷香,每块都五寸厚,二尺五寸宽,七尺五寸长。西门庆看了满心欢喜。哈。

当日小殓。——西门庆亲与她开光明,强着陈敬济做孝子,与她抿了目。西门庆寻出一颗胡珠,安放在她口里。来兴又自冥衣铺里,做了四座堆金沥粉侍奉的捧盆巾盥栉毛女儿,一边两座摆下。灵前供养着彝炉商瓶,烛台香盒,教锡匠打造停当,摆在桌上,耀日争辉。

三日大殓。——和尚打起磬子,扬幡,道场诵经,挑出纸钱去。合家大小都披麻戴孝。陈敬济穿重孝,经巾,佛前拜礼。街坊邻舍,亲朋官长,来吊问上纸祭奠者,不计其数。祭告已毕,抬尸入棺。西门庆又教月娘,寻出李瓶儿四套上色衣服来装在棺内,四角(却是不宜此也,西门庆强行)安放四锭小银子儿。放下一七星板,盖上紫盖,仵作四面用长命钉一齐钉起来。一家大小放声号哭。

观戏。——晚夕,亲朋伙计来伴宿,叫了一起海盐子弟搬演戏文。大棚内放十五张桌席,俱是十菜五果,开桌儿。点起十数枝高擎大烛来,厅上垂下帘。堂客便在灵前,围着围屏,放桌席,往外观戏。戏子请示唱哪一折,西门庆道:"我不管你,只要热闹。"嘿。可随后观戏触动心事,又止不住眼中落下泪来。噫。

二七。——玉皇庙吴道官受斋,请了十六个道众,在家中扬幡修建请法救苦二七斋坛。

三七。——永福寺道坚长老,领十六众上堂僧来念经。早晨取水,转五方,请三宝,浴佛;午间礼拜《梁皇忏》,谈《孔雀》,甚是齐整。

四七。——宝庆寺赵喇嘛,亦十六众,来念番经,结坛,跳沙,洒米花,行香,口诵真言。西门庆同阴阳徐先生,往门外坟上开圹。

出殡。——西门庆向帅府周守备讨了五十名巡捕军士,都带弓马,全装结束,留十名在家看守,四十名跟殡,在材前摆马道,分两翼而行。衙门里又是二十名排军打路,照管冥器;坟头又是二十名把门,管收祭祀。官员士夫亲邻朋友前来送殡者,车马喧呼,填街塞巷。本家并亲眷堂客,轿子也有百十余顶;三院鸨子粉头,小轿也有数十。女婿陈敬济柩前摔盆,六十四人上杠。街口两边观看的人山人海。果然好殡!

嗣后,伙计与小厮闲话——你六娘没了,这等棺椁祭祀,念经发送,也够她了。——饶使了这些钱,还使不着俺爹的哩。俺六娘嫁俺爹,瞒不过你老人家是知道,该带了多少带头来?别人不知道,我知道:只把银子休说,光金珠玩好、玉带、绦环、髢髻、值钱宝石,还不知有多少。为甚俺爹心里疼?不是疼人,是疼钱。

 疼钱,为啥还如此铺张?

代跋：

被姑息纵容出来的一点优游与享乐

老 五

不为无益之事,何以遣有涯之生。知堂说:"我们于日常必需的东西之外,必须还有一点无用的游戏与享乐,生活才觉得有意思。"他还不无陶然地引申发挥道:"喝茶当于瓦屋纸窗之下,清泉绿茶,用素雅的陶瓷茶具,同二三人共饮,得半日之闲,可抵十年尘梦。喝茶之后,再去继续修各人的胜业,无论为名为利,都无不可,但偶然的片刻优游乃正亦断不可少。"而我,日常工作之余的片刻优游与享乐,就是写字、画画。

因是一己的优游享乐,我的写字画画,一定得排在陪老婆逛街、看孩子、做饭、给狗梳洗等等等等的诸多生活曲目的最后边,才会心安理得。家中地方小,原本有块巴掌大的地儿,也因宿墨常常散发出浓烈而不名誉的味道而最终被取缔。随着孩子的降生,老人过来帮忙,家中回旋的余地日见局促,更是连在地板上铺上毡布写写画画的想法都不敢有了。写字画画,当然是需要兴致和灵感的,断不可想画的时候再临时张罗纸墨,须得笔墨纸砚就在边上等着,想划拉时,登时捉笔挥洒立就才好。在家中,这只能是奢望。卑微如老五,又还没阔到建一间工作室的高尚境界,即便有了工作室,你能言不旋踵随时进入想画就画?再说,一个人呆在空屋子里多没意思,相比之下还是更喜欢和家人、同事呆在一起的那种氛围,他们忙他们的,我忙我的,闹中取静,静躁相生。

还好,我可以在办公室里划拉。公司是私人企业,办公位本就紧张,笔墨纸砚一铺排,就得一张桌子。加上各种画册、画稿,大小颜色不等的各色纸张,我自己一人的东西比其他员工多出三倍还不止。这些,老板当然是知道的,但他一直视若无物跟没看见一样,任由我随时糊涂乱画。而且这一画就是十几年。十几年了,公司从十几人扩张到二百多号人。公司每次搬家、办公室调整、部门合并、职务变更,只要是办公室一换,我就会第一个去挑位置,找那个可以铺排得开的角落。有时,老板实在忍不住了也会给出一个主意:别一进门就看到你那一堆,让客人像进了书画院似的,找个一眼看不到的地儿,实在不行找个橱子挡挡！别人听来好像不耐烦,我却一直视为是难得的纵容与体贴。

每天,早晨早一点过去,晚上晚一会下班,一个人猫在自个儿的旮旯里,翻书、写字、画画,把一天的情绪排解一下,常常欢喜沉浸于这种拿笔墨记日记的游戏与快乐中不能自拔。广告虽号曰文化产业,说白了还是伺候人的差使,作揖打躬当孙子赔笑脸是常事,唯有拧亮台灯,独自面对桌上的那张纸片,我才可以长舒一口气:怎么画怎么写,爷自己做主！

十多年了,同事们来来往往,进进出出,高升的高升,高就的高就,外面什么诱惑都有。真的是红尘十丈。原本可以为更好的薪水跳槽,但又怎么能保证下一个老板也会这般纵容我在办公室里如此任性而为,随意折腾？自己也常拿钱来衡量这份自由,抵得月薪三千还是五千？即便有了那些钱,又从哪里享受这份恬静与惬意呢？只要是工作累了,一转身,就进入另一片小天地,这份便利与自由,又哪里是金钱能买得来的?!

已忍伶俜十年事,强移栖息一枝安。幸运的是,没有像杜陵野老那般落魄恓惶,十几年的业身广告保障我养家糊口,且稍有余裕买纸、买笔、买墨,让我能游离于职业画家之外,一直享有自己的一份优游与快乐。常常有人问我,为什么心如止水干得这么沉稳,冠冕堂皇的回答有多种,皆是附会敷衍别人的答案,而我心里边最真实的声音是:这里自由,想干啥就能干啥。这,对于欢喜写字画画的我来说,实在是——太重要了。这就不得不提到一个人,一位和家人、业师、诤友同样值得我感激、感谢的人——他,就是我现在的老板王百忠——是他十几年来一直姑息纵容着我的这点优游与享乐,使我得到一点尘世生活的快乐。

两千零十二年冬

问津文库·开卷闲书坊

总策划：杨秋平
主　编：董宁文
副主编：况　璃

清谷书荫（子张）
开卷闲话序跋集（子聪）
萍水生风（白水　老五）
壹壹集（许宏泉）
书装零墨（金小明）
尺素趣（唐吟方）

图书在版编目(CIP)数据

萍水生风 / 白水文；老五画.
—北京：人民日报出版社，2014.7
ISBN 978-7-5115-2705-9

Ⅰ.①萍… Ⅱ.①白… ②老… Ⅲ.①随笔—作品集—中国—当代 Ⅳ.①I267.1

中国版本图书馆CIP数据核字(2014)第147589号

丛 书 名：	问津文库·开卷闲书坊
书　　名：	萍水生风
著　　者：	白　水　老　五

出 版 人：	董　伟		
总 策 划：	杨秋平	丛书策划：	秋歌文化
主　　编：	董宁文	副 主 编：	况　璃
责任编辑：	林　薇	装帧设计：	周　晨

出版发行：人民日报出版社
社　　址：北京金台西路2号
邮政编码：100733
发行热线：(010)65369527　65369846　65369509　65369510
邮购热线：(010)65369530　65363527
编辑热线：(010)65369526
网　　址：www.peopledailypress.com
经　　销：新华书店
印　　刷：北京鑫瑞兴印刷有限公司

开　　本：787mm×1092mm　1/32
字　　数：130千字
印　　张：8.5
版　　次：2014年8月第1版　2014年8月第1次印刷
书　　号：ISBN 978-7-5115-2705-9
定　　价：36.00元